猩猩輝夫

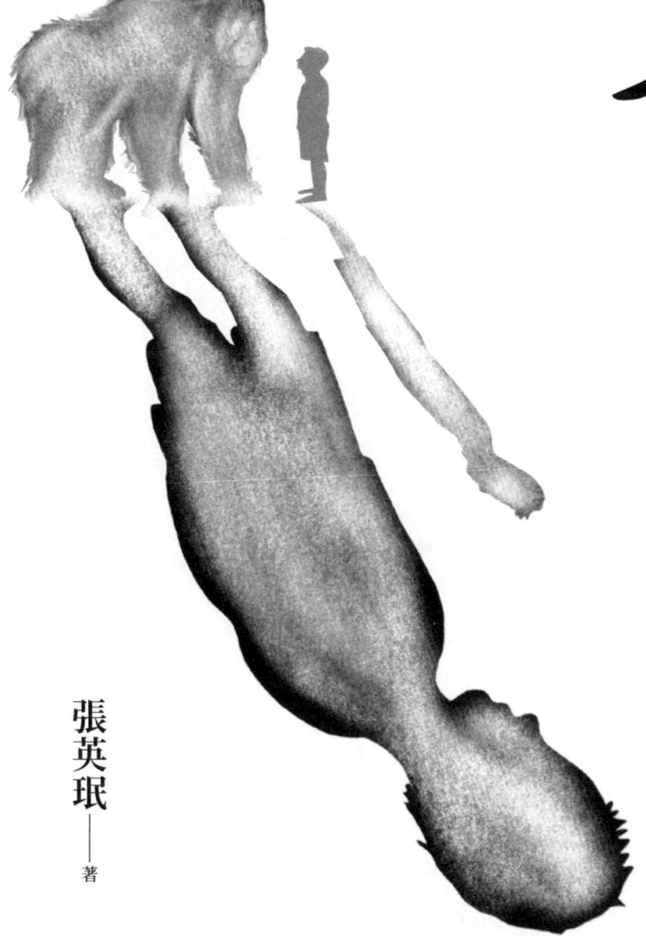

張英珉——著

本小說為以台灣歷史作為背景所虛構創作，
為還原當年代之氛圍與細節，故採用當時代之詞彙，
並無對個人、族群、種族與國籍不敬之意。

目錄

第一章　標本室裡

今年十歲的高山正夫，正瞪大自己晶瑩且深邃的雙眼，在午間的燦爛窗光映照之下，仔細凝視檜木標本櫃裡的那隻「黃喉貂」標本……

不管過了多久，來到人生中的任何階段，正夫永遠記得自家一樓的工作室內到處都是大大小小的動物標本，空氣中總瀰漫著動物毛皮的氣味。特別的是工作室一角的檜木櫃有九個框格，每個框格中都布置了一件動物標本，其中左側框格中有哥哥輝夫當年精心製作的「黃喉貂」標本，淺山即可見的黃喉貂有著細長又柔軟的身軀，與顯眼的黃色頸部毛皮。奇特的是，儘管本該是僵硬的標本，正夫卻從標本動作中看出這生物原本柔軟的身姿，配上映著窗光的剔透玻璃眼珠，正夫總覺得這隻黃喉貂只是如拍照般暫時凝結住身體，只要時空繼續運行，黃喉貂便會啪聲跳下，躲藏到檜木櫃後方的角落裡抓老鼠去。

西元一九四三年，昭和十八年的初春，這年代的台灣山區已不像過往軍事管制，平地人已能付費給蕃人嚮導去山區打獵，或進入傳統領域登山攬勝，也就是如此，便能隨意購買山產動物，才有能大量製作標本的機會。正夫的父親高山一君身為日文名為「剝製師」的標本師傅，在動物園內的一角開設了標本工作室，承接園區標本業務。

由於這一年正夫已十歲，個頭已逐漸長大，高山一君便嘗試讓正夫擔任自己的助手。

「正夫，你準備好了嗎？」

高山一君正在水槽邊仔細清洗雙手，以毛巾擦拭乾淨後，便緩步來到大木桌邊，反覆叫喚著凝視標本的正夫幾聲後，正夫才回過神來應著多桑。

「多桑，等一下，我快看完了。」

儘管如此說起，但正夫看完黃喉貂之後，卻又忍不住被屋中其他標本吸引——檜木櫃旁的地板上，擺放著一對石虎互相追逐打鬥的標本，正夫順手拿起雞毛撣子，輕輕拍去石虎毛皮上的灰塵，稍微清掃之後，正夫轉過身，便看見身旁灰牆上掛著水鹿的頭頸標本，碩大的分叉鹿角十分醒目，是雄性水鹿發情時的戰鬥武器；地板上一隻百斤大山豬的目光滿是怒意，彷彿隨時都要衝向前方，以獠牙劃破獵人的大腿動脈，讓溫暖的血流無盡奔騰……至於角落那隻碩大的公梅花鹿全身標本，眼眶中有著來自東京最新式的透亮玻璃眼珠，嶄新的玻璃工藝讓梅花鹿彷彿活物，正雙眼晶亮地凝望著正夫。

正夫凝視著梅花鹿標本之時，眼角餘光卻被駭人的身影給驚懼，正夫因而慌張轉身，看著牆角那一尊胸前V型白領，站立時足足有一米八十公分高的台灣黑熊標本，正凶狠舉起前肢的鋒利尖爪，彷彿下一秒就要撕裂正夫的身軀，讓他光是盯著標本便不寒而慄……正夫真希望那位訂購黑熊標本的大稻埕茶商，能早點差使工人來將巨大的黑熊標本搬走，畢竟他在不經意間被黑熊驚嚇到屏息，總要深呼吸數次之後才能平緩情緒。

不過這些已堪稱精緻的標本群之中，對正夫來說，還是多桑高山一君所打造的第一個標本，讓他真正思索什麼是「藝術品」——

放在檜木櫃框格正中央的標本，是來自塔塔加的布農獵人所捕獲，平地難得一見的奇獸「黃鼠狼」。特別的是，這是體型較小的黃鼠狼，連頭到尾只有十八公分長，腹毛皆為白色，和一般全身黃褐色的黃鼠狼有著極大的差別。布農獵人說，這稀少的「小型白腹黃鼠狼」可是要到近兩千尺的高山，且要在滿是二葉松的草原才能遇到，正因為來自於「高山」，又是多桑第一個耗盡心力製作的「起家標本」，所以多桑便將牠擺放在木櫃中央，作為高山家最重要的紀念物。

正夫凝視這隻小黃鼠狼的標本許久後，便突然產生些許幻覺，眼角的標本動物們此刻竟各自輕盈著甩動長尾，或掩著身體偷吃東西，或藏匿角落啄著木牆，各自以萬千姿態活在工作室的每個角落，彷彿對正夫大方宣告「我就在這裡——」「我還活著啊——」「你沒發現我嗎？」但往往回頭一望，標本仍是標本，一切都只是眼角餘光產生的幻覺，畢竟大部分標本作品皆已被人預訂，若非身上以細麻繩綁上「售出」的標籤，任誰都會一眼被這些美麗的生物迷惑。

窗外積雲遮住太陽，工作室內瞬間暗下，屋內已打造完成的奇獸標本各自凝望前方，說來奇特，才十歲的正夫已經明白，這些動物死前最後一段時光肯定因病不起，或因子彈穿身而奄奄一息，但死亡氣息在動物死後反而一掃而空，重新被打造成健壯且靈動的姿態，正夫每次凝視這些標本，便會覺得這還真是「人死留名，虎死留皮」。

「多桑，我來了。」正夫終於看完標本，喘口氣，從標本陳列區走向工作桌。

對正夫來說，正因為多桑身為標本師，正夫從小便從工作桌上的動物屍體來認識動物，不管是穿山甲、黑熊、石虎、水鹿、山羌、山羊、老鷹或食蟹獴，甚至有一回還送來水獺，這台灣溪流中已十分稀有罕見的動物，只要製作過一次標本，正夫便熟悉到能一眼辨認，但今日當他看到窗光照耀著桌上擺放的狗屍時，卻一時間產生迷惑，只因狗在台灣常見，但工作桌上的「柴犬」來自日本，還是第一次見著。

「多桑……要開始了嗎？」正夫問起工作桌邊，正在苦思的高山一君。

個頭中等的高山一君年近四十，並沒有回應正夫，目光炯炯的打量這狗屍許久，把眉頭都看皺了，只見光絲塵埃在狗屍身邊飄浮閃爍，隨著高山一君的靠近而飄動。

「都僵硬成這樣了……」正夫已扳不動狗屍的前後腳，也無法打開狗的口部，身為標本製作之家的孩子，正夫知曉這狗早已死亡多時。

突然間外頭動物園區傳出獅吼，正夫受到吸引，忍不住轉頭看向窗外豔陽。

標本工作室位於圓山動物園的園區邊緣，此刻中午十二點半，天空正上方的太陽將遊客的影子都鎖在腳下。正夫望向明亮的窗外，直覺告訴自己儘管是初春，但亞熱帶台灣偶發的高溫下，一定要搶時間將標本處理好，否則狗屍腐壞後，毛皮將會沾附著連肥皂都清洗不掉的氣味，更何況正夫家的一樓是標本工作室，二樓是家人生活的起居室，要是腐屍氣味竄入二樓，就算是標本之家也承受不住，那氣味可是會讓人輾轉反側，夜不能眠。

「這隻狗病癱兩天才死，又放了兩天才送到我們這裡……」高山一君思索許久後，食指比對工作桌上一張狗兒生前的照片。

送狗屍來的工人說道，這老柴犬為經營煤炭生意的日本仕商藤田先生所飼養，是當初從東京千里迢迢帶來的家犬，正因為營養良好，住在庭院中照顧得宜，才能飼養十年以上。十年壽命對這年代的家犬來說並不常見，畢竟各類寄生蟲與流行病限制動物的生命長度。這隻柴犬老死後本來要火化，但藤田老先生年歲已大，這隻陪伴許久的柴犬死去後，老先生便傷心的食不下嚥，幾個親友們便和藤田老先生商量，將柴犬屍體送來製作標本，繼續陪伴老先生的餘生。

高山一君繞著工作桌上的狗屍不斷伸手打量，以雙手作為比例尺在狗屍身上反覆比劃，彷若奇特且詭異的儀式，隨後探看狗嘴中的牙齒滿是結石，犬齒也搖動，從特徵就能知曉這柴犬儘管十分老邁，但捏著狗皮仍有一層脂肪，能有脂肪代表餐餐都能吃飽，畢竟這年代就連豬都不一定能養得肥，家禽家畜也大多乾瘦，生在富有之家的狗便更顯稀有。

高山一君打量完狗屍後，側過頭在一旁筆記上寫上各種數值，筆跡沙沙之際，竟忍不住呢喃。

「這隻狗……還真是……好命啊。」

正夫聽著這句話，便仰頭看向多桑若有所思的表情。

「說不定這柴犬的一生……比我還好命啊……」

高山一君呢喃之後閉眼思索，隨後便拿起鉛筆在筆記本上快速畫起草圖，經過多年訓練，只需簡單幾筆，就能勾勒出柴犬的身軀框架，再描繪起皮膚皺褶與姿態。

「正夫，你覺得這樣如何？」

不出數分鐘過去，紙頁上已快速畫上十數隻柴犬姿態的線條，高山一君將草圖遞給正夫，每個狗圖畫的神態都栩栩如生，讓正夫也專注看了起來，從設計圖便能看出四足動物各有姿態，如狗與大象、獅子的身體比例與造型大不相同，唯一相同的只有重心方向，這便是地心引力給予世界萬物的拘束。

「對了，正夫你以後要注意，狗的眉毛會動，所以狗的表情像人類有喜怒哀樂，其他動物可沒有這麼多表情，知道嗎？」

「那……就選這個動作吧。」正夫與多桑點點頭，比著圖案之中一隻柴犬屁股坐地，側著頭且皺眉望向前方。正夫想像這柴犬姿態若做成標本，便能放在玄關，一推開門便會看見牠，正皺著眉疑惑主人怎麼還不回家，彷彿牠仍活著一樣。

「選這個啊……不錯不錯。」高山一君為正夫的品味微笑，隨即便穿上工作圍裙，再度清洗雙手消毒等待乾燥。隨後，正夫也跟著戴上橡膠手套，以免被切開狗屍時的毒素所影響，接著正夫拿出收納刀具的牛皮紙包，由於深怕刀具上的細菌會汙染標本，讓標本快速腐敗，所以刀具都已煮過消毒，放在紙捲中保持清潔。

此時木桌一角，捲開的牛皮紙上方，有著切割標本骨肉用的大小弧形刀具，也可用來刮除皮下脂肪。角落有幾支幫忙拉開皮膚的尖鉗，以及一支支刺入皮下固定的細長鋼針，眾多金屬器物一字排開後，等待多桑的吩咐。

「先給我手術刀。」高山一君已打定切割方向，便向正夫伸手拿刀。

「是的，多桑。」身為才十歲的孩子，正夫還沒有下刀的資格，只能在窗光之前，緩緩遞出映著森冷光影的手術刀給多桑。

製作標本的方式主要分成兩種，第一種是「骨架標本」，第二種是「剝製毛皮標本」，世人偏好購買動物的「剝製毛皮標本」，畢竟動物的白骨骨架對常人來說帶著死亡氣息，而製作標本最神奇之事，是一個動物屍體竟可同時製作「毛皮」與「骨骼」兩套標本，誰想像得到，一個生物在死去之後，竟能「重生」為兩個自己──

正夫總是皺著眉頭思索，「皮」與「骨」……哪個才是真的代表自己？

「我們這次只要毛皮……你要注意內臟不能破，刀尖不能太進去，最好連肌肉層都不要劃破。」

多桑仔細介紹起刀具操作方法，要先以手術刀尖，從標本腹部肚臍位處開始算定位置切下，由於怕過度用力，刀尖會刺破腹肚下方的內臟，所以高山一君將刀尖刺入狗皮後，便反覆拿捏力道，盡量深入卻又不穿破肌肉層，隨後便緩緩在皮上劃開一條長線，再將刀尖轉到側向，將皮下層與肌肉連接處分開。

多桑邊說邊示範教學，以刀尖切下狗皮之際，突然間窗外又有窸窣聲傳來。正夫下意識的轉頭看，原來是動物園的遊客正好奇湊向窗前，想看仔細屋內的人正在做什麼。窗光閃動之際，窗外的陌生人影看到狗皮正被切下，便驚懼的快步離開。

「沒關係，不要管外面的人。」標本工作室需要明亮的光線，才可準確地製作標本，因而不能拉起窗簾遮蔽外界目光。高山一君頭也沒抬的繼續工作，只有正夫抬頭探看一眼，原來這位驚嚇逃去的客人，是位穿著中學校制服的十來歲男子，倉皇離開的姿態彷若目擊命案現場。

「正夫，專心面對眼前的事情就夠了，外面的人都不重要──」

高山一君又叮嚀，正夫便點點頭。「知道了，多桑。」

正夫早已習慣如此「窺視的目光」，自從上公學校後，正夫才逐漸從同學口中知曉自己就是個「蕃人」，深邃五官與黝黑膚色都與所謂的「平地日本人」、「平地漢人」有所差別。公學校的百來位學生中，就只有幾個「蕃人」，正因為稀有，有些不同年級的同學會在下課時來到教室窗邊，瞇著眼偷看正夫一舉一動，最初的陌生目光總讓正夫十分忐忑，卻也在進入公學校多年後習慣……

「你仔細看，腳的皮膚與軀幹相連，儘量不要切斷。」皮膚已切割來到四肢處，高山一君手指比向狗身，畫出一個虛擬的想像範圍。

四足動物的身體，就是一個較大的圓筒狀軀幹，配上細長的圓柱體四肢，從圓筒狀的腹部開始下刀，較不容易被觀眾發現腹部的縫合處。下刀也務必取直，皮膚連貫切勿斷裂，雖然斷裂也可彌補，但由於表皮需要風乾，要是風乾狀態不好，每個區域的皮膚緊緻度也會改變，便有可能變成「長短腳」，更何況柴犬是較短毛的犬種，必須更注意切口方向與縫針方法，畢竟對觀眾來說，不管標本姿態再怎麼擬真，玻璃眼珠如何剔透，只要發現了傷口與線頭，心底便直覺：「不過是個假的動物啊——」

「接下來，身體軟組織的部分都不能留下，這些全都會腐爛。」

動物的口腔、鼻腔與眼睛等等部位，都是會快速腐敗的軟組織，高山一君與正夫介紹後，便用刀尖將柴犬的口部皮膚卸下，其他拆下的肉塊組織，全都丟進一旁的木桶中。

儘管狗屍已僵硬，但高山一君操作刀具的手勢流利，花費不到十數分鐘，就像讓柴犬脫下狗皮外套似的，從腹部三十公分的平直切口處，小心翼翼把狗皮翻過來。

不管屍身如何僵硬，拆下的毛皮永遠柔軟如毯，完整卸下柴犬皮膚後，正夫雙手便開始拉扯住柴犬皮膚的後腳，多桑則拉扯前腳，兩人協力將狗皮攤成平面，彷彿中藥店掛起的蛤蚧乾。接著便要去掉皮下脂肪，那是整個動物肉身最易腐臭的部分，正夫與多桑倆人便以刀具反覆刮除，不久後，刮下的黃色脂肪就在鐵盤上堆成小丘。

當脂肪都刮除乾淨後，便可先掛起狗皮風乾，待順利風乾後，再浸泡一次藥水防腐，標本室內的奇特氣味多半來自於這些溶劑，其中特別是福馬林，因為通常用來浸泡屍體防腐，所以這氣味的印象，便讓人直覺聯想到死亡。

當動物毛皮處理完畢之後，便能將毛皮縫製在「假體」上。所謂的「假體」就是「假的身體」。剝製毛皮的流程全部準備好後，就需要套在木頭或石膏製作的動物形體上，方能得以撐出毛皮的外貌形狀，且需要在凹去的假體眼眶中置入玻璃眼珠，再套入假的狗嘴與鼻子，如此標本製作才算完畢。

一套在桌上攤平的毛皮沒有生命，是塑造假體之人的心意，讓如紙張般平躺的毛皮重新立體。

對正夫來說，剝製毛皮的流程帶有血腥氣息，彷彿自己只是個「比較細心的市場肉販」，何況就如他這樣年紀的十歲小童，都能快速學會毛皮的剝製技術，但要呈現動物姿態，不管是咧嘴怒叫或靜默望向遠方，都只能靠調整假體來呈現，由於打造假體需要學習骨骼與解剖，還需加上些許木雕技術，可不是短時間訓練就行。

「如果太累了，就叫你哥下來幫忙。」高山一君頭也沒回的交代正夫收尾，便兀自走向一旁地上，打量地上堆放的陰乾木塊，準備挑選最適合的假體材料。

「是的，多桑。」正夫低頭面對桌上那具失去皮膚，只呈現肌肉紋路與脂肪殘塊的狗屍。儘管柴犬已取下外皮，但肉身在意義上仍為飼主所有，又是飼主有感情的家犬，並不適合剁碎當其他動物的飼料，更何況這狗已僵硬，正夫只能把牠的屍身剁開，送去園內的焚化爐火化。

正夫謹記多桑的叮嚀，務必小心別讓內臟流出，他拿起鋸子開始解體狗屍，陸續鋸下柴犬四肢與狗尾放入木桶中，但這隻狗的頸骨實在太硬，手中鐵鋸竟卡入狗脊椎中拉不動，不像有些動物骨頭已像軟木塞一樣柔軟，鋸子輕鬆一拉就能鋸斷。

正夫只好喘口氣，走到樓梯邊，朝二樓叫喊。

「哥——幫我一下好嗎？」

這年十八歲的高山輝夫身材魁梧，只要家中需要出力之事，正夫都會呼喚輝夫幫忙。

「好的，馬上來——」輝夫正在二樓讀書，正準備中學校五年級的考試，放下課本後便快步踩踏樓梯而下，熟練地挽起白袖來到工作桌前。

一百八十公分高的輝夫，正好與工作室的黑熊標本一樣高度，加上他因鍛鍊而渾身健壯的肌肉，對身高才一百二十公分的正夫來說，必須仰頭看著的輝夫哥，彷彿和黑熊一樣高大勇猛。

「哥，我鋸不動……」正夫無奈比著卡住的鋸子，讓輝夫也忍不住苦笑。

「哈哈，你晚餐可要多吃點飯。」儘管這隻老柴犬的骨質堅硬，輝夫抓住鋸子握柄後先深吸口氣，繃起碩大的二頭肌，快速用力將鋸子往返拉扯，便已鋸出許多碎骨粉末，狗頭已搖搖欲墜。

「來吧，最後幾下交給你。」輝夫把鋸子遞給正夫，看著正夫握緊鋸子拉扯數下，便輕鬆取下無皮的狗頭，隨即將狗頭捧在手上，近距離瞇眼查看各種細節，只見殘存的肌肉緊貼白骨之上，脂肪呈現淡黃色狀，脫下皮膚的生物，內在都是如此——

喀喀——窗外又傳來窸窣聲，正夫回望窗外，原來是一位十歲左右的女孩，身穿碎花點的白洋裝，撐著傘走近後，在大太陽下好奇探靠近標本室的窗，卻未預料會見到額頭上滿是汗珠的正夫，雙手正捧著無皮的狗頭——

這畫面太過駭人，女孩先是驚聲尖叫，隨後往後踉蹌跌地，也不管一身新穎洋裝，嚇得手腳並用在地上爬。

這一年，是西元一九四三年初春，園區內的大象「瑪小姐」正在鳴叫，正夫與輝夫相視一眼後，忍不住笑意迸發，他們早已習慣這些窺視。兄弟倆轉頭看向木桌上四散的肉屑與脂肪，只想趕快將桌面清理乾淨，將一切不需之物都送去焚燒成煙與灰，畢竟工作室的二樓可是自己家呢，再怎麼喜歡標本，也不能留下一絲腐臭的氣息。

第二章 圓山動物園

對正夫來說，最近的他不是在公學校讀書，就是在圓山動物園內走路。

正夫從有記憶開始就住在動物園內，走出標本工作室的大門，抬頭便望向草山方向，午間蒸氣化成輕盈的霧嵐，在草山上方的空中化為一朵朵厚實的積雨雲。溫度逐漸攀升的季節，讓正夫的額頭上滲出汗珠。正夫再向前走上一小段路，迎面而來的是孔雀的籠舍，再往前幾步拐了個彎，便看見成群遊客們在籠舍面前駐足。此刻四周傳來陣陣的動物叫聲，有的動物扯開喉嚨嗷叫，有的動物嘰嘰嚓嚓，有的低聲呼吼，有的則是嘰嘰窸窣。特別的是孩子的喧鬧聲，也如動物鳴叫聲響般此起彼落，停不下來。

「阿爸，那隻黑熊好大隻——」在台灣黑熊的鐵籠前，幾個孩子驚呼不已。「啊——熊站起來了——像人一樣高，好像有人扮的一樣——」

「哇，孔雀開屏好漂亮啊——」圍欄外，一隊幼稚園孩子像麻雀吱吱喳喳，熱烈討論不停。

「是瑪小姐——好長的鼻子——快看啊，牠在用鼻子捲番薯吃，哈哈——」瑪小姐是此時台灣僅有的一隻大象，來到園區的孩子們都愛她，看著瑪小姐高舉鼻子，彷彿向孩子親切地打招呼，孩子們都忍不住笑開了懷。

動物是孩子們的喜悅泉源，只要來到動物園，孩子們總是扯開喉嚨開朗大喊。只是明明同樣十歲，正夫並沒有同齡孩子們的天真，畢竟「觀察動物」這事，已是正夫每日都須經歷的挑戰。

「正夫，這本你就拿去吧。」三天前的晚餐時刻，正夫終於從多桑手上，拿到屬於自己的鉛筆與素描本。

「我今天一直注意你的動作……正夫呀，你標本製作的基本功已經沒有太大問題，可以進行下一步了，明天開始先去觀察猴子吧。」

獲得多桑肯定，正夫一張臉已掩不住欣喜，收到素描本，正夫更是拚命點頭不停。

「是的多桑，我會努力！」

平常輝夫哥總是在餐桌前拋上瓜子或花生，接著仰頭以口接住後咀嚼，藉此訓練自己的反應，看正夫壓抑不住一臉欣喜，輝夫也忍不住笑意。

「哈哈，要不要看我以前畫的。」輝夫隨即起身，從一旁書櫃中拿出過往的筆記本遞給正夫。正夫趕緊翻看筆記本上各種動物姿態，輝夫哥的筆觸乾淨清晰，動物型態也描繪得十分完整，若是交給旁人看來，這素描能力已與多桑高山一君不分上下。

家中以標本為業，高山家的孩子都要學習製作標本，哥哥高山輝夫也是從十歲開始學習製作標本，在十三歲時便已習得一身技術，家中數個優秀的小型標本都是輝夫親手打造，就像櫃中那個黃喉貂的標本，便總是吸引正夫的目光。

「哥，你真的好厲害。」輝夫不但愛讀書，就連繪畫這種藝能科目都能有如此好的表現，正夫忍不住稱讚起輝夫。輝夫隨即拿起筷子，比出自己碩大的二頭肌。

「呵呵，其實我吃飯更厲害啊。」輝夫說完便大口扒飯，還夾一塊蒸番薯放在正夫的碗中。「你要追上我，飯要吃得比我多才行！」

「正夫啊，明天下午就先去觀察猴子吧，晚餐時再和我報告。」多桑說，由於獼猴眾多，容易取得來練習製作標本，所以正夫的觀察練習第一課，就是去動物園區認識獼猴。

正夫早已知曉，想要製作好標本，就必須仔細觀察動物姿態。往後數日，正夫回家後趕緊先完成學校作業，一寫完便闔起作業本，抓起筆記本快步出門去。

正夫每次要去獼猴區之前，都會順道經過獅子的鐵籠，順便探視獅子夫妻「湯米君」

與「艾蜜莉女士」一眼。

「說起來……我還真不想做獅子標本，獅子是萬獸之王，渾身肌肉雄壯威猛，卻又有一種優雅感，在動物之中真是少見呢。」多桑如是說。

這一對獅子，是園區內多桑最愛看的動物，儘管多桑尚未製作過獅子的標本，仍投注許多時間研究獅子外貌與肌肉姿態，繪畫成一本姿態素描，藉以增進自己的技術。

「你要認真看，把牠的動作全都看進眼睛裡，就像和朋友相處一樣，仔細觀察牠，理解牠，甚至去愛牠……你才能做出最生動的標本啊。」

多桑是這時代少見的「標本師匠」，說的話當然有道理，只不過這些口中喃喃不止的教誨言詞，其實來自於多桑的師傅「大江先生」。多桑早已將這些習慣記憶到身體裡，開口便說出這些教誨。

多桑曾對正夫與輝夫訴說過許多次，他在十七歲中學校畢業那年，遇見從日本而來的標本大師「大江先生」，苦學標本技術多年有成後，才終於出師獨自開業，逐步成為與動物園搭配合作的標本師。正夫總思索，如果自己能像多桑和輝夫哥一樣，每天認真練習素描，有朝一日就能製作出生動的標本。

正夫在獅籠前探看後，便抓緊筆記本，快步來到獼猴鐵籠前的綠蔭下，蹲下後瑟縮身體，瞪著一雙深邃大眼，仔細觀察牢籠內台灣獼猴的各種活動。在眾多活動的獼猴之中，最先引起正夫注意的是一隻角落的母猴；母猴正拿起石塊，「叩——叩——叩叩叩——叩叩——叩——」敲擊鐵桿而生的規律節奏，在正夫耳中彷彿正在敲擊密碼。

正夫凝望母猴手掌上的石塊，湊得更近籠邊想看仔細，只見母猴繼續以石塊摩擦鐵籠，而後敲出節奏，正夫細聽這些節奏彷彿摩斯密碼時快時慢，有時訊號清晰，有時卻突然中斷。若身為路過遊客，只會覺得是獼猴無聊而胡鬧，分不出任何差別，但正夫發現只要靜下心，便能感受獼猴彷彿已進化的人類，似乎想透過敲擊聲傳達什麼訊息。

「叩叩叩——叩——叩——叩叩叩——」

皺起眉，正夫猜想母獼猴敲擊而出的訊號……或許還有別的涵義？母獼猴有雙下垂的乳房，身邊卻沒小猴，莫非是小猴被搶走、已然夭折，還是有別的理由？正夫不懂這些動物的行為，只能在一旁細細觀察鐵籠內發生的一切，直到母獼猴將手上的石頭丟在一旁鐵籠上，嚇著一隻正在休息的大獼猴，兩隻獼猴隨即在籠內互相追逐，彼此的尖銳嘶吼讓正夫嚇得瞇起眼，但雙眼仍緊盯獼猴迅速奔跑的姿態。

開始密集觀察獼猴之後，正夫很快便發現獼猴與人類相似，有社會地位的差異，猴群中有核心管理的「長者」，也有不聽話的「孤猴」，眼前方才那敲擊的母猴又獨自回到籠邊，抓起石頭敲擊鐵欄杆。「叩——叩叩——叩叩叩——叩——」聲響又起。

正因為經過數天觀察，正夫耳際又響起多桑的叮嚀。

「要記得——不只是用眼睛看，還要用心看。」

正夫觀察獼猴許久後再次確定，獼猴的後腳與人類相較，比例上顯得小上許多。還記得多桑說過猩猩、猴子和人類最大的差別，就是人類以兩隻腳站立維生，而猴子與猩猩都在樹叢區生活，兩者對於腿力的需求完全不同，所以製作標本時，絕對不能把猩猩、猴子類標本的大腿肌肉填充到過於巨大且直立，那是極不合理的。

現場觀察獼猴多天後，正夫才開始在素描本上畫起猴子的姿態，只是明明都看在眼中，但那些跑動或跳躍的姿態卻怎麼都畫不出來。完成素描練習回到家後，餐桌上，正夫交出獼猴繪畫給多桑檢查；只是輝夫哥在一旁搶先翻開筆記本，僅看一眼素描後便憋不住笑，畢竟正夫繪畫的猴子面貌扭曲，臉不像臉，反倒像是個冤魂在訴苦。

「明天再畫吧。」高山一君跟著翻看正夫的獼猴素描一眼後，沒多評價些什麼，叫正夫隔天繼續。輝夫儘管試圖壓抑笑意，卻還是憋不住噴出飯粒到桌上，讓正夫緊皺眉頭，心底頗不是滋味。

「要記得——不只是用眼睛看，還要用心看。」多桑如此說起，讓一旁的哥哥輝夫又憋笑，還在父親背後比著自己刻意瞪大的雙眼，再比著自己的胸膛心臟位置，戲鬧起自己的小弟。

「哥，你不要再笑我啦。」看正夫一臉沮喪，輝夫趕緊把飯碗放回桌上。「還是……明天下課後我帶你去看，我來教你畫？」

輝夫邊咀嚼番薯邊安慰正夫，但高山一君拿起飯碗坐下，對兄弟倆搖頭。

「不行，這是正夫自己的任務，你要讓他自己去，不能教他。」

多桑下的命令讓正夫嘟起嘴，真希望輝夫哥能陪伴自己去，如此才能加速突破多桑所設置的學習關卡。

常有言道，十歲便能看出人的一生，就像哥哥輝夫從小到大求學都名列前茅，多桑便期待輝夫能像有名的角板山泰雅醫生「日野三郎」一樣，考上總督府醫學校畢業，成為備受尊崇的公醫，最後還和日本女子結婚，真是台灣蕃人的榮耀。

更何況，輝夫的才華不單單只有智育，輝夫的美感特別，每次在學校的素描課程、水彩繪畫都被老師稱讚不已，就連在家中製作出的標本都十分優秀，就像木櫃內那隻「黃喉貂標本」就是他十三歲時親手打造。

黃喉貂是台灣淺山上的奇獸，儘管未見活物，但輝夫製作出的黃喉貂十分凶猛，彷佛隨時要從長滿蕨類的叢林角落中竄出，撲向山羌頸部猛力咬破氣管，掏去山羌的內臟大快朵頤。

「哥——我有問題……」這夜，正夫便拿起黃喉貂標本上二樓來，問起專注的輝夫。

「有什麼問題？」輝夫翻過書頁，書寫筆記之後，才轉身看向正夫。

「哥……」正夫拿起黃喉貂標本放到輝夫面前。「你有看過牠活著的樣子嗎？」

「當然沒有——」輝夫翻閱書頁，又皺起眉頭隨手寫上英文單字。「誰見過那玩意啊？」

畢竟除了動物園內的動物之外，輝夫與正夫一樣在台北長大，當然沒看過野生的黃喉貂。

「我是用牠身體形狀去想像……」輝夫以食指點著正夫的眉心。「很多事情都能用想的，做標本當然也可以。」

輝夫隨即要正夫閉上眼，在腦中想像動物的姿態，好比這隻黃喉貂，既然都已經將牠的骨皮拆開，就能知曉牠關節形狀與限制。輝夫便在腦中以正面、側面與背面去想像牠的運動姿態，便能看見牠奔跑在森林與山脈中的模樣……

只是正夫跟著輝夫一同閉眼，可惜雙眼緊閉的漆黑之間，正夫什麼動物都沒看見，只感覺桌燈的光影閃動，便睜開眼無奈說起。

「哥，我什麼都沒看到……」

「慢慢練習，別擔心。」輝夫拍拍正夫肩膀，要正夫放寬心，畢竟這個弟弟與自己相差八歲，還有許多成長的機會。

「不只是安排動物的姿態，切割動物皮膚時的第一刀，刀尖要怎麼進去，要從哪裡切斷韌帶，要怎麼取出內臟，只要在腦中多做幾次後，什麼標本都能做得出來——其實我讀書也是這樣。」

輝夫介紹完自己的學習方法，正夫聽著心底便更是羨慕，果真聰明人做什麼都能找到辦法，哥怎麼不早點教自己……不過正夫又想，就算輝夫哥早點教自己，自己也學習不來吧，這可是聰明人的方法，畢竟眼前有獼猴跑跳可參考都畫不真了，更何況「只用想像」的呢？

隔日，正夫又在下課後回到獼猴鐵籠前方，多桑對自己的叮嚀猶在耳際，讓他更凝聚起精神，更用心仔細查看獼猴的姿態，有的獼猴在跳躍，有的在石堆後不知翻找什麼東西，還有一隻獼猴雙手吊在樹枝上，從眼前晃過。

正夫愈觀察獼猴便愈有心得，發現獼猴與人類最大的差別，除了相較人類弱小的雙腳之外，就在於雙手的型態差別。獼猴的手大抵上與人類的手外型相似，但最大不同便是猴子的大拇指非常短，所以握東西時無法握緊；而人類的大拇指天生朝向外面，可以與食指搭配，做出更細緻的小動作。

猴子是如此，那猩猩呢？與獼猴相似的猩猩又是如何？

正夫心底有疑慮，便走到園區內一隻年邁的紅毛猩猩鐵籠前，紅毛猩猩也是大拇指極短。正夫便閉眼想像自己是一隻紅毛猩猩，過短的拇指無法做出複雜的手部動作，抓不緊任何東西……這才發現，或許標本師或木匠、工匠能有雙「巧手」，就是「巧」在大拇指與食指能操作工具，且做出細緻的動作吧。

人類的一切都取決在自己的雙手，正夫看著自己的手掌，意識到自己與動物的不同，隨即握緊雙拳給自己打氣，蹲回獼猴的籠舍前，繼續拿出紙筆畫出獼猴。儘管正夫繪畫多日，獼猴臉部已能畫得有模有樣，但手腳特色都只是簡筆，畢竟獼猴是活著的，幾乎每時每刻都在動，不管是跳躍、吃東西、躲避，或是找個角落屈起身體安睡。他再怎麼靠近籠舍，也只能看到手部的輪廓，無法看清手部的全部細節。

正夫瞇眼思索時，園內的飼育員陳大哥正抱起一竹簍的乾稻草走來；正夫公學校班上的同學陳文君是他兒子，也幫忙抱著一小簍稻草跟在後方。

動物園有幾個日本籍的管理職人員，其餘大多是台灣籍的工友、清掃人員和飼育人員，陳大哥平日負責巡查園區、清潔籠舍與餵食動物，要是動物有健康的狀況，就告訴獸醫前來治療。

陳大哥走到蹲在籠舍前的正夫身後，眼見正夫竟然不理會他，便索性將稻草簍丟在地上。突如其來的碰響，讓緊盯獼猴入神的正夫嚇得失去重心，整個人向後跌倒，一屁股坐在地上。

「聞到福馬林的味道，就知道又遇到做標本的蕃人啦。」

看正夫慌張神態，陳大哥忍不住大叫，身後的兒子陳文君看到正夫的狼狽姿態也忍不住笑，卻也怕與正夫目光交會而趕緊低下頭去。

「你這蕃孩子，這麼專心在看什麼啊？」

陳大哥探看正夫在紙張上繪畫出的獼猴，零散線條的動物造型，不像動物反倒像個鬼怪，忍不住出聲訕笑。

「哈哈，你要畫鬼的話……又何必來這裡，你這個小蕃人也太有趣啦。」

陳大哥的訕笑讓正夫緊皺眉頭，語句鏗鏘地回應。

「我叫正夫，不要總是蕃人蕃人的叫我！」

正夫拍拍屁股上的灰塵站起，儘管陳大哥知道正夫是園區內標本師的孩子，但每次看到他高聳的鼻梁與深邃的目光，還是開口就叫他蕃人。

陳大哥低下頭來放置稻草時，忍不住對著正夫嘀咕。

「欸，蕃人，你剛剛說你有個名字……」

陳大哥放下草料後，隨後拿出懷中一小袋番薯。

「來喔，約翰和瑪莉都來吃喔！」陳大哥邊說，邊將番薯丟入籠內，猴子跳向前來搶成一團，一時間猴群嘰嘰喧嘩不已，只有搶到番薯的獼猴跳到最高位，獨自享用起來。而正夫所關注的母猴，馬上拋下敲擊鐵籠的石塊，也衝到前方搶奪地上散落的番薯。

看籠內的獼猴搶食後四散籠內，陳大哥才轉頭過來看向正夫。

「你看，有了名字的猴子又怎樣——不就還是個猴子嗎？」

正夫一聽隨即憤慨，他當然明白陳大哥的話語有多輕蔑，心底湧生出汩汩憤怒與委屈，但他卻不想爭辯，也不管身後同學陳文君低頭迴避他的目光……

正夫撿起素描本，頭也不回的，踩起沉重步伐離去。

第三章　籠內的猴子

這幾日正夫心情欠佳，只因飼育員陳大哥那句：「你看，有了名字的猴子又怎樣——不就還是個猴子嗎？」不斷在心底縈繞，甚至轉成憤恨，正夫真想狠狠衝上前去，一拳拳打在陳大哥那充滿皺紋的黝黑臉龐上。

正夫自幼便知多桑是高砂血緣，數年前過世的卡桑富士一美也同樣是個高砂人，既然如此，自己當然也是個高砂人……但正夫自幼生活在台北，家庭溝通全用日文，一家人既不說高砂語，也早已不知高砂祖先住在何處，穿什麼衣服，又是吃什麼食物……對他來說，脫口而出的日文早已是母語，自己當然就是個「日本人」……

儘管如此，正夫卻發現，不管如何解釋自己的出身，依然屢屢成為眾人口中，帶著這時代貶意的「蕃人」。

在班上，坐在正夫右邊座位，是市場五金賣販的女兒林秀娟。林秀娟外貌清秀，課業優秀，個性十分溫和；這天，林秀娟疑慮地轉頭過來打量正夫。

「正夫……你在不開心什麼啊？」

面對溫柔的林秀娟，正夫收起惆悵，撐出微笑回應。

「沒事……我沒事……」只是正夫說完後，目光便投向林秀娟座位後方，正在低頭寫作業的陳文君，一股憤恨湧向正夫的腦海，滿腦子都是衝上去與陳文君打架的念頭。

其實陳文君眼角餘光早就發現生悶氣的正夫，也明白正夫是因為他父親不禮貌的話語而不開心，但他也只能盡量不要與正夫眼神交集，免得激化彼此的尷尬。

正夫總看著鏡中的自己，高鼻梁深眼眶，膚色比同學更加黝黑，有著不同於漢人與日本人的外貌，但自己只會說日文，又生在都市，更何況又受了教育，為何還是擺脫不了「蕃人」的身分……

「可是……就算我真是個蕃人……那又怎樣……」正夫結束本日的獼猴繪畫練習後，依然憤恨而不斷嘀咕。

正夫沮喪著，好多話語想對多桑說，回到標本工作室時，發覺多桑的背影十分凝重。他走近方才發現，多桑正仔細端詳工作木桌上的竹籠。

「多桑……這是？」

竹籠裡躺臥一隻獼猴屍身，正夫隨即打開竹籠伸手觸摸，這才發現獼猴屍體還溫熱，手腳尚未僵硬，關節還能轉動。

「送猴子來的人前腳剛走，你就回來了。」高山一君說起，繼續瞇眼思索這獼猴的標本姿態。

看來要工作了，正夫便到一旁去整理工具櫃內的工具，琳瑯滿目的刀具一字排開後，多桑這才感嘆說起。

「我愈來愈不喜歡做猴子標本……」

「為什麼？」多桑過往從沒如此說過。

「貓空那邊的張老闆找人送獼猴來，說這隻猴子是他母親養的寵物……母親病死下葬後，猴子沒人照顧就死了。張老闆說要懷念他母親，所以要把這隻猴子做成標本。」

正夫一聽便皺眉不能理解，就算張老闆的母親病死，但猴子還是能好好飼養啊，現在不好好照顧猴子，讓牠餓死後，又想要製作標本來回憶母親？

「我不接寵物猴子很久了……因為一開始都把獼猴當人養，後來不想養了便虐待牠……但這是動物園的長官委託，我不得不幫……」

正夫年紀小，還不能理解多桑接受上級委託的人情世故，但不管如何，面對即將成為標本的動物屍體，正夫也打起精神，準備開始操作。

高山一君雙手戴起橡膠手套，一邊嘆氣說起。

「不過……正夫你要記得，只要一開始工作，就不要問動物是從哪裡來的，只要專注一個目標——讓牠們看起來像活著。」

「是的，多桑。」正夫也學習多桑，先仔細評估獼猴的骨頭狀態，再檢查身軀形狀、手腳拉伸的長度與比例，逐一驗證自己在鐵籠內看見活生生獼猴時的想法。

高山一君與正夫各自站定位置後，便先固定住獼猴身軀，如常先從腹部剝開毛皮，切口要直，長毛的動物只要切口直便好處理，與上次短毛柴犬不同，長毛動物比短毛動物更容易製作標本，只因為皮膚上各種切割與縫製的缺陷，都可以用體表的毛髮來稍微掩蔽，等到製作「假體」後，縫紉上去便能栩栩如生。

屍體尚未僵硬，多桑以手術刀尖順著皮下切割，一分一寸將皮肉分離。當毛皮整體切下後，正夫便拿起刀具，跟著削去皮下的脂肪。

「多桑，這次脂肪沒留下太多，很好處理。」正夫將自己的觀察說出口，實在佩服多桑的細膩刀工；然而高山一君撐起這塊獼猴皮仔細檢視後，才感慨呢喃。

「並非我厲害……是這隻猴子……已經餓到沒太多脂肪……」

多桑一說，正夫才把毛皮掀開，原來去皮的獼猴肉身上真沒太多脂肪，肌肉也顯得萎縮，這是正夫經驗尚少，而沒有一眼便發現的細節。

動物被關在籠內，有時會「非正常死亡」，這隻獼猴除了挨餓之外，有可能是「驚嚇到痛苦而死」。多桑曾示範過，如果在野外抓到青蛙，只要隨意放在容器內，接著用力拍打外殼製造出噪音，就算並未實際擠壓與碰撞，也能把動物給「活活嚇死」。更何況不只是青蛙、老鼠、鳥等等小動物會這樣，多桑又說，較大型的動物如貓狗鹿牛也會如此，只差牠們不會說出「好可怕」而已……

正夫總想……會不會人也是一樣……

正夫檢查完獼猴分離的皮肉之後，這才理解死亡是刻意而為，或許就像是陪葬，刻意將獼猴餓到沒脂肪後，才殺掉做標本……他這也才想到，難怪剛剛多桑會思索如此久，也是因為不忍猴子生前所受的痛苦。

毛皮還需浸漬藥水處理，至於骨頭也要製作成另外一套標本，正夫將獼猴的肉身切開，將骨頭逐漸拆下，帶著肉的白骨需浸泡「過氧化氫」，讓骨頭上的餘肉完全去除。他十分畏懼過氧化氫的刺鼻味，但這是骨頭標本製作時不得不用的溶劑，這氣味和福馬林同樣無法迴避。

「這獼猴骨頭的標本……要送給來台灣探訪的外國博物館學者，當回國的伴手禮。」

對普通人來說，能有皮毛標本展示就足夠，若是製成骨骼標本，只有品味特殊的醫生世家、收藏家或生物學者會喜歡，畢竟商賈人家重門面，誰想擺一尊動物白骨在客廳，彷彿會觸人霉頭……

剝製的手續結束後，正夫便將獼猴毛皮像曬衣服似的掛起陰乾。高山一君隨後打量起獼猴標本所需要的假體尺寸，工作室後方已有好幾個「猴子假體」，是先前製作時測試而留下，只不過每次所需的身體形狀不一定符合，比方有的動物體型小，假體太大也裝不下，都得重新製作才行。

這回高山一君已製好草圖與決定木塊，明日再來雕刻假體。

「對了正夫，把這些肉塊留一些下來當晚餐。」

「這次的肉……可以留嗎？」正夫不解，平常多桑不會這麼做。

高山一君擦手後轉頭叮嚀正夫，過往的標本死亡已久，有時已腐爛，肉只能丟棄，但今天是溫體送來，只要留下「皮」與「骨」之外，送動物來的人也已同意，切下的肉可以讓標本師支配，高山一君才做此決定。

「正夫，你必須好好研究這動物——最後……當然要把牠的肉給吃了。」

解剖牠，拆解牠，最後吃下牠，藉由口感判斷肌肉的型態，若非如此，怎能徹頭徹尾的理解這個動物。

多年前，大江先生也是如此教誨。

「吃到口中，就能知道這些肌肉的質感，這也是一種學習。」

高山一君如法炮製大江先生的話語，卻讓正夫止不住心悸，眼看這孩子一臉膽怯，高山一君便指著掛在牆上風乾的獼猴毛皮。

「正夫啊，你看這猴子……山頭上可是有百千隻的猴子呀，在山上打死幾隻猴子都沒人在乎，可是在動物園這裡，展出一隻栩栩如生的猴子，眾人都會驚嘆。」

正夫跟著多桑目光，仰頭看向獼猴毛皮用夾子高高掛在麻繩上，宛如掛起一個小孩的皮囊。只是看著猴子毛皮許久之後，正夫突然好奇地回過頭來，疑慮著看向高山一君。

「多桑，那人類呢……人也能做成標本嗎？」

「人啊……」高山一君拿起刀具在木塊上打量，頭也沒抬地說起。「當然也可以做成標本啊……」

這句話彷彿電流穿身，讓仰頭望向多桑的正夫怔住。

「多桑……人的標本……」正夫怯怕到低下頭來。「我不敢看人的標本……我會怕……」

看正夫那未經世事時的天真臉龐，畢竟才十歲，高山一君便微笑問起正夫。

「正夫，那……我死掉的時候，你……敢把我做成標本嗎？」

多桑的提問讓正夫再次怔住，他從未思索過這個問題，趕緊搖搖頭。

「多桑，我不敢……」

正夫怯怕畏縮的姿態，讓高山一君又忍不住笑。

「下午要去開會，我先出去一下，你來收尾吧。」

高山一君脫下製作標本時的圍裙，隨即走上二樓房間，鬆了鬆領口後穿上襯衫，又仔細扣上一顆顆鈕釦，再拿起衣櫃中的黑色西裝套上，整裝完畢後隨後梳整頭髮，離去工作室前，高山一君走過掛起的獼猴皮之前。正夫原本在消毒工具，但突然思索到什麼似的放下工具，抬頭問起走過的高山一君。

「多桑……如果我死掉了……你……你會把我做成標本嗎？」

父子倆彼此互視而無語的瞬間，空氣寧靜間，只聽見遠方傳出的動物叫聲，以及突然吹起的大風，穿過建築物門窗時的呼呼風聲……

第四章　人能不能做成標本

「師傅，人……可以做成標本嗎……」

會問出這個問題，或許是當標本師必然經歷的心境……正夫是如此，身為多桑的高山一君也是如此；當年在投入標本製作一年後，高山一君也曾問大江先生這問題，反覆思索「人」成為標本的模樣。

人生至此，自己會當標本師彷若是命中註定，高山一君常常坐在標本室內，望向櫃中的高山黃鼠狼標本時如此思索。

「其實我『高山一君』原本也不叫這個名字……不過，我並沒有『原本』的名字……」

某晚吃飯時，高山一君喃喃脫口而出。當時正夫年紀小，還無法理解多桑的言語是什麼意思，畢竟對正夫來說，他生下來就是「高山正夫」這個名字，不能理解多桑這句話有別的意涵。

直到這幾年，眼見輝夫、正夫已長大，高山一君才在飯桌上與兄弟倆訴說起人生起源。

「我的人生改變……起源於山上的戰爭……」

高山一君出生那年，山頭上高砂族人與日本人正在戰爭，由於山區部落已被日軍攻破，許多族人受困於山中，便因為敗仗而選擇自殺。

孤兒在戰爭後比比皆是，高山一君就是這樣的孩子，當年雙親捨不得親自下手結束他的生命，留下壁洞中嚎啕大哭的男嬰，隨即在一旁榕樹枝幹上吊死去。當全副武裝，前往探查的日本警察發現嬰兒哭聲後，便前往山壁邊抱起嬰孩安撫，儘管是被討伐的蕃人後代，但嬰兒畢竟無辜。

「該拿這孩子怎麼辦？」幾個日本軍警討論的結果，決定將這男嬰交給討伐隊內最年輕，才剛結婚的警察奧田野扶養。

日本軍警征伐台灣蕃人的最初幾年，採取全然的武力高壓方式，而後逐漸修正成懷柔政策，軍警被命令與部落頭目的女兒成親，畢竟與頭目家族成親，便等於扣押一位頭目女兒為人質。除此之外，軍警也開始收養起蕃童，山洞中遺留的嬰兒是如此，在收養後命名為「高山一君」。

儘管警察奧田有名有姓，但這收養的孩子依然命名「高山」，意謂小孩來自於山上，而高山一君已無法知曉自己真正的父母是誰，記憶中只有一對父母，就是奧田野夫妻。

奧田野在山區擔任警察工作四年後，有一回巡查時滑落山坡，跌傷小腿骨折，在打石膏醫治痊癒後產生長短腳問題，因而無法在山上來去自如，便只能接受調職回到平地。奧田野夫妻便把高山一君帶下山去，一同生活在台北。

高山一君在山上生活時，耳際偶爾還會傳來高砂語，然而下山後便融入台北生活，成為只會說日語的孩子。其實長大過程中，高山一君也不免迷惘，儘管對奧田野夫妻有著親生父母般的情感，但成長懂事的高山一君只要對鏡一照便能輕易明白，自己並非奧田野親生的孩子。

特別是公學校畢業那年，一位年邁的蕃人長老前來台北祝福一位蕃人學生時，在操場邊不經意間看見高山一君時，忍不住紅著眼眶喃喃訴說。

「瓦旦啊……祝福你可以平安長大，不會再和我們這一代人一樣遇見戰亂……」

這位蕃人長輩對高山一君說出不流利的日語，高山一君先是愣住，自己何時有了「瓦旦」這名？隨即聽蕃人老者不斷窸窣說起高砂語，高山一君聽不懂而感到十分難堪，便趕緊以日語追問這位長輩，這才發現，原來只是被錯認。

「原來你不是瓦旦啊……我以為你……是我認識的朋友的孩子呢。」

年邁的長老感慨說起，又仔細打量著高山一君那張蕃人臉龐。「真的好像啊。」長老轉身後，腳步一跛一跛離去，真不知曉他經歷過什麼，高山一君不免尷尬，轉身看向身邊好奇而探看的同學，自己也不知該說些什麼，只能靦腆地對這位長者點頭致意，目送長老離去。

高山一君成績優秀，課業一向名列前茅，在台北長大讀中學校後，所有同學和師長都覺得，他成為醫生指日可待；只可惜奧田野夫妻在台灣工作多年後，因身體不佳而決定返回日本。

「一君啊……我們只能陪你到這裡，我們回日本後，你在台灣就要自立自強。」

奧田野夫妻與高山一君艱難地說出這決定時，一家人在飯桌上淚水撲簌不止。夫妻倆也曾想留在台灣終老，但出身東京的奧田野在台灣生活這些年來，早已被亞熱帶的風土病折磨不堪，反覆數次得過瘧疾與霍亂，又摔傷骨折而長短腳。奧田野感慨地說，已是必須返回日本的時刻……

只是……將高山一君這孩子帶回日本真的好嗎？

「我們也很想帶你回去，但你是蕃人，日本人對蕃人至今都沒有好感……或許……留在台灣，對你會比較好。」

奧田野夫妻的擔憂其來有自，儘管知曉高山一君並非那些報導中的「野蠻」形象，但畢竟多年來台灣山地的「討蕃新聞」不斷傳回日本，對這時代的日本人來說，「台灣的蕃人」就是野蠻失控不受教的人種，這根深蒂固的刻板印象一直存在。

只是對高山一君來說，儘管擁有蕃人血緣與外貌，但自己只能用日文溝通，受日本教育且參拜神社，內心早已是個日本人，帶他回日本到底會有什麼問題？不過，高山一君也明白，若非當初奧田野夫妻接受上級指派而扶養他，自己早已在嬰兒時期便死於山中，成為一縷飄蕩的孤魂；面對這對日本父母的養育之恩，高山一君也只能滿是淚水的跪拜告別。

奧田野雙親留下一筆錢資助高山一君的學業，直到中學校畢業後，難堪的現實就在眼前，未來能否當到醫生尚不可知，但眼前生存是燃眉之急，日本父母親留下的錢財總有用光的一日，既然家無恆產也沒有雙親可依靠，必須有立即可賺到錢的一技之長，才能應付往後的每日生活所需。

只是，自己就算有中學校的學歷，身為蕃人身分要馬上就職也有困難，就算要去學藝，大多數的工匠收的都是十二、三歲的年幼學徒，高山一君年歲已十七，加上蕃人外貌，就算無比聰穎，但匠師們總有些顧慮，因此並無人願意收高山一君為徒。直到中學校畢業三個月後，當時一位標本師傳來到台灣工作，正在找尋助手，消息傳入高山一君耳中，便馬上前去應徵。

那日，高山一君忐忑來到標本師大江先生下榻的北投旅社，在房間門外的長竹椅上久坐等待，並不斷打量幾位求職者離去時緊皺的眉頭；直到高山一君走入紙拉門後，大江先生朝外探視時，便不斷凝視高山一君的臉龐。

「你，過來——」大江先生瞇著眼，看高山一君緩緩走近，隨即便握緊他的手臂肌肉，打量他獨特的面貌，問起話之後更是驚嘆。

「你明明看來就是蕃人，說話腔調卻是個東京人，這是怎麼回事？」

高山一君跪坐榻榻米上，仔細交代自己這難言的生平，聽得這位標本大師皺眉思索也嘖嘖稱奇，隨即追問。

「你是個蕃人卻不會說蕃語……但這些都不是問題……我只問你，這些動物你認得嗎？」

大江先生掀開身旁木箱的頂蓋，小心搬出標本——灰黑色的領角鴞正在樹幹上瞪大眼，彷若看見一隻獵物。

這是高山一君初次看到栩栩如真的動物標本，還以為是活物而驚嘆失神，伸出手要抓住這隻鳥免得飛去，一時間身體失去平衡往前撲蓋，直趴在地上才發現，原來是不會動的鳥標本……

「原來……是假的啊？」高山一君無比讚嘆，這是他初次被標本所騙。

大江先生看到高山一君的舉動忍不住笑，隨即問起。

「那……你知道這鳥的名字嗎，知道牠怎麼叫嗎？」

高山一君凝望著領角鴞的臉，只能搖了搖頭，就算童年時住在山上時曾聽過這鳥叫，也早已忘卻殆盡。

「我自幼離開山區，到都市受教育，成長後沒一天上山過……並不知曉這動物的名字……」

只是大江先生一聽便俯身大笑，讓高山一君緊皺眉頭，更不能理解大江先生的行為。

「你真是老實啊——哈哈，你知道嗎，剛才走出去的應徵者不知這鳥的名字，還隨便說這是『黑眼大麻雀』……甚至拿起標本呀呀呀吼大叫幾聲，還有個人張開雙手當翅膀揮了揮，還叫了聲嘎呼，真是好笑啊——」

正因為高山一君的老實與單純，自此便留在大江先生麾下擔任學徒，先跟在大江先生身邊幫忙扛重物，負擔標本動物的毛皮剝除任務，並隨即雕刻各種假體的外框。本就聰穎的高山一君擔任一年助手後，便已熟識標本製作的各種流程，大江先生便讓他嘗試製作屬於自己的第一個標本——路邊水溝裡的老鼠。

細枝竹籠內吱吱亂叫的大溝鼠，可是早上才從住屋後方的水溝中誘捕而來，此刻不斷轉圈尖叫，只見大江先生二話不說伸出右手抓住鼠背，而左手竟不怕反咬似的抓住溝鼠的腰，隨即雙手反轉一抽，便輕易折斷溝鼠的頭頸脊椎。溝鼠瞬間癱瘓死亡，只剩心臟繼續反射跳動的餘力。

大江先生的手勢流利，彷若動物死神，每次都讓高山一君看得心悸。

「交給你了，我的徒弟。」大江先生將溝鼠遞來，高山一君隨後動刀切開腹部皮膚，刀尖沿著肌肉與皮膚相接的位置移動，以小刀緩緩剝開後，成為一個空的鼠皮囊，隨後將一塊小木頭削出溝鼠的身軀形狀，將鼠皮套入木頭後，便瞇眼縫合細小的切口。

正因為這溝鼠標本只是習作，不需風乾與泡藥水，練習完後隔日即可丟棄，更沒想到一夜過去，清晨起床的大江先生來到工作室時，只見窗台縫隙邊有一隻溝鼠，彷彿被野貓追趕而從窗縫跳入屋中。大江先生看到有鼠跑入屋中，二話不說就要上前去關窗驅趕，免得牠跑入屋中咬壞各種珍貴的標本，然而大江先生快步來到窗邊才發現，這竟是一件沒有製作底座的溝鼠標本，只是放在窗縫邊風乾，而作者就是趴在工作桌上睡去的高山一君。

儘管只是簡單習作，卻讓清晨剛醒的大江先生瞪大雙眼。

「這……真是你昨夜做的？」

大江先生嘖嘖稱奇，高山一君竟僅需一年就有這種水準，儘管削出的木頭假體大小還需調整細節，但以習作而言已是優秀作品。

大江先生捧著溝鼠標本仔細打量，露出少見的笑容後，便將老鼠標本丟入爐火中燒成灰燼。

「明天再做一個老鼠標本吧。」大江先生下這個指令，便讓高山一君燃起信心，往後每夜都趁隙製作溝鼠習作，再一個個將習作燃燒成灰燼。

「標本的奧義，就是儘管是死去的動物……但任何人只要看一眼，都會深信牠還活著。」

一同切割碩大的水鹿皮膚時，大江先生對這愛徒耳提面命。

「對我來說，我才不管製作標本的人的種族與血緣……誰能讓這些動物『活著』，誰就有資格當標本師啊——」

拆下黑熊的外皮時，大江先生又對高山一君喃喃交代。

「高山一君啊，你還有山林的原始感，作品又很有野性，現在台灣還沒多少個標本師傅，你只要努力，未來一定能成為台灣標本的第一人呀。」

高山一君十分感念大江先生的教誨，多年來，他勤勉於製作標本之中，或許屬於山的靈魂在身體內沸騰，儘管有時並未遇過這些動物，竟能冥想出這動物的姿態，不管是長鬃山羊在山林草葉中奔跑、獼猴在樹枝上攀附跳躍，或如貓頭鷹突然飛降落下，以雙爪猛力抓起一隻緊抱漿果的老鼠……就算未曾親眼所見，他的心底都能浮現出這些生物的畫面。

當標本技術愈是精進，高山一君便想理解更多。有一回大江先生要去山區探訪獵人，高山一君心想，如果能遇到這些實際存在的動物，製作出的標本將更能唯妙唯肖，既然如此應該要去山上見識，於是便收拾行李，跟隨大江先生一起上山會見獵人。

兩天的登山旅程，最終來到部落內的石屋之外，只見屋外的石板上正堆著幾隻大江先生購買的山羌與獼猴。大江先生與高砂獵人聚會時，酒酣耳熱之際，幾個獵人打量起身旁的高山一君，便以生澀的日文問起。

「嘿……看你的臉……你是蕃人吧。」

高山一君聽到高砂獵人以日文詢問後，便低聲回應。

「是的……我日本的多桑說過，我是被收養的高砂人。」

「真的嗎？」獵人們面面相覷。「你真是高砂人？」

獵戶隨即以泰雅語問起，但高山一君卻只能靦腆回應。

「大哥們對不起……我……我聽不懂高砂語。」

獵戶一雙雙眼睛都瞪大，不解地說起。

「真不敢相信，你連一句族語……都說不出口了嗎？」

這獵戶以族語對高山一君窸窣細語，後方的年輕獵人們隨即笑出聲。高山一君儘管假裝接受一切訕笑，內心卻有股怒火燃燒，便忍不住打量這群坐在營火前飲酒作樂的獵戶……心底竟冒起標本的圖像……他想像已將這些山林中的強壯人體都卸下外皮、拆去骨架，垂吊晾乾後再泡入藥水，接著解剖肌肉、筋膜……

在營火的火燄邊，高山一君舉起竹酒杯與大江先生敬酒。火燄霹哩啪啦燃燒之際，高山一君在大江先生面前低聲詢問。

「師傅……我好奇……人可以做成標本嗎？」

大江先生沒有馬上回應，一邊摸著手上的山羌頭骨，一邊酒醉呢喃。

「呵呵……我才不做人這種東西呀……」

大江先生醉後喃喃，人類真不如動物美麗，奔跑速度不如四足動物，跳躍能力不如一隻野兔，嗅聞能力不如路邊隨便一隻野犬，若是今日寒流到來，禦寒能力不如一身皮毛的野貓，若是入夜視力受限，還不如一隻巴掌大的貓頭鷹。大江先生就遇過夜間上山的登山者，視線不清之際卻自顧自隨意行進，等隔天白日再發現時，這登山者早在夜裡跌落山坡，手腳曲折地死去……人類沒有如動物的特殊能力，在大自然之間可真是一點用處都沒有呀。

「人呀，真的知道自己不如動物嗎……」大江先生的話語隨火光飄搖，在小米酒的迷醉中恍然。

這是高山一君初次感到內心彷彿有個缺口，儘管身世血緣並非自己所造成，他卻必須因此受苦。他飲下一杯米酒，將心底未曾落下的淚水，全混合酒水吞下肚，心中迴盪著大江先生所說這話。

「呵呵……我才不做人這種東西呀……」

同樣的疑問，在多年後的孩子正夫身上，也被重複提起。

「把人做成標本……可不可以？」

高山一君只是微笑離去，沒有正面回答正夫；然而正夫回到標本室，靜下來後仔細思索，便明白一定可行，人類的骨骼、皮膚和一般的動物並沒差別，只不過人類沒「毛皮」，毛皮可以用來修飾縫紉過的外表，若要剝去人類的皮，就得從身體內側部位如大腿處切開，以免填充假體時的縫線輕易被人發覺……

只是正夫思索「人標本」的製作技術，便接連思索著「人類竟會變成標本」，隨後擺在各種會場中展出……彷彿這標本會突然睜開眼睛，就在眼前突然動起，朝向自己跨步走來……

「呀——」正夫光是想就驚駭地尖叫，不禁打起寒顫。

雖然正夫家製作動物標本，他卻從沒見過「動物鬼」，但……人會變成鬼怪幽靈，如同許多故事中，深夜街上會有白衣女幽靈伸手攔路，池塘邊有水鬼抓住游泳者的腳掌……正夫坐在標本室，圍繞在眾多標本中，凝視一隻獾的玻璃眼珠反覆思索……

如果人世間真的有鬼……那為何自己尚未見過卡桑的鬼魂，正夫還真想遇到「卡桑的鬼魂……」

高山正夫的卡桑名為「富士一美」，三年前因瘧疾而離世，發現症狀時，儘管已買回「奎寧」治療，卻也無力回天……

卡桑和多桑相同身分，都是被日本警察收養的山區蕃人，兩人都只會說日文，也沒自己的蕃人名字。十八年前，高山一君與富士一美在台北相戀結婚，陸續生下兩個孩子，由於本就沒有高砂名，最後生育出的高山輝夫和高山正夫，也理所當然沒有自己的高砂名字……

關於自己的名字，只要是親愛的多桑、卡桑開口叫的名字就好，正夫心想，他叫什麼名字根本不重要。

正夫好想念卡桑，就算卡桑變成鬼回來也不怕，畢竟如果變成鬼，或許還能開口說話，儘管鬼有可能如煙霧一般穿牆而來，而無法緊緊擁抱。只是正夫又忍不住思索，既然鬼能來去自如，想出現就出現，還能穿過門窗，但卡桑卻從未現身這屋內……難道……卡桑並不思念自己嗎？

正夫從未看過鄰居或親友的家長之間，有如多桑卡桑這樣溫柔相處、互相扶持的夫妻，只可惜三年前卡桑瘧疾離世後，多桑的性情大變；以前的多桑並非如此安靜之人，不會枯站在標本前，就算叫喚也沒反應。

富士一美病死後的那一陣子，高山一君常常搬來板凳，坐在獅籠前觀察，不斷繪畫獅子「湯米君」與「艾蜜莉女士」。對於當時年幼的正夫而言，他常常不能理解多桑，儘管園區內有如此多動物，但多桑卻花最多時間看獅子，現在長大些回想才明白，其實……那正是多桑看著獅子夫妻，藉此思念卡桑。

只是正夫思考到「人能否製作標本」之事，突然又想著……

不曉得……多桑當時是否思考過……將過世的卡桑做成標本？

不知怎麼，儘管先前如此思念卡桑，也不怕卡桑化身為鬼魂現身，但正夫只要想到卡桑變成一尊站立在角落的標本，明明是極度想見到一面的母親，正夫卻莫名驚恐，直到渾身雞皮疙瘩……

正夫不敢再想下去，竟然初次在標本室中覺得恐懼，甚至一時間不敢回頭，深怕轉角的某個陰影，就是自己熟悉的身影……

第五章 掙扎

正夫終於開始進行假體的學習，只是對身材瘦小的正夫來說，不管是刻或鋸都十分耗力，有時切削一塊三十公分見方的木塊便滿身大汗，雙手疲累到隔日都在顫抖，總讓他覺得為難。

「別擔心，一步步慢慢來，我當初也是這樣。」高山一君和正夫仔細叮嚀。「一開始動作不快，但大江先生總是稱讚我。」

「真的嗎？多桑。」正夫正在練習製作老鼠標本的木頭假體，儘管已盡力打造，左切右磨上下切割，最後卻彷彿削出一塊畸型的番薯而已，套上還不成熟的老鼠皮，老鼠歪斜的臉樣讓高山一君看一眼就發笑，但兒子還在摸索，高山一君必須忍住笑意。

「當初我什麼技術都不會，要不是大江先生收留……現在的我不知道在何處……」

高山一君對正夫感慨說起，當時的他，從小小的學徒身分開始訓練，後來能力進步，大江先生便帶自己去素描各種動物，一步步進行剝製、調藥水與假體的各種練習，從製作第一尊溝鼠標本開始，又歷經四年有餘，終於製作出第一尊「出師標本」，就是檜木標本櫃中央的「高山黃鼠狼」，對生活在平地的人們來說，那是從未見過的謎樣生物。

「那一年……我認真地存錢，請師傅認識的布農獵人到山上去抓給我，做好這個小黃鼠狼標本之後，大江先生便拿給許多人看，大家都以為那是大江先生的作品。」

高山一君每每說起這段往事，都會轉頭看向檜木櫃中央的小白腹黃鼠狼標本，總是漫出一臉難掩的驕傲。

「師傅這才認為我可以出師了，他已經年邁了，想回日本養老去……」

這個出師之作相較於後來製作的巨大黑熊或水鹿，儘管小白腹黃鼠狼身形嬌小，對普通人來說第一眼並不受注目，只會當成黃鼠狼的幼仔或普通的老鼠，若非標本師或高山獵戶，肯定不知道這些動物的稀有。

只是對正夫來說，每次聽多桑說起山上動物，總覺得山上是另外一種「動物園」，但只有真正屬於山的人能上得去……這時正夫便會對鏡一照，鏡中的自己，就是一個和他人面貌相異的蕃人……只是身為蕃人卻又不屬於山，不免讓正夫感到難以言喻的矛盾，也讓正夫能理解多桑在成長時的自我懷疑。

「你到底算是蕃人……還是個日本人啊？」公學校的女同學林秀娟，有一次在打掃時問起正夫。正夫手拿掃帚皺起眉頭思索，同學之間說者無心，卻也讓正夫在她面前語塞。

「我……我應該是……日本人吧。」正夫皺眉說起，與林秀娟一起把地上的落葉全裝在畚箕內。

「只是學校裡面的人……都叫我蕃人而已……」

然而，對於就讀中學校的哥哥輝夫來說，面對自身血緣問題，倒是頗為直率。

「這種問題有什麼好多想的？」輝夫在家中讀書，翻開書頁後頭也沒抬，坦率回應正夫的抱怨。

「就算你和我都不會說高砂話又怎樣，我們不就是個高砂人嗎，這有什麼問題？」

輝夫眉宇深沉，在青少年後突然抽高，肩膀也逐漸寬大起來，每天早上起床就在家中伏地挺身一百個，開合跳一百次，隨後在自家附近跑步。正夫還在賴床而睡眼惺忪時，輝夫便已繞著動物園慢跑數圈，大汗淋漓地回到家中。

「起床囉，正夫！」輝夫手臂力量經過訓練後也十分驚人，看正夫還在貪睡，索性將弟弟從床上一把抱起、甩到肩膀上，彷彿扛著山豬似的轉圈。正夫被轉得頭暈眼花，瞬間清醒過來。

「哥——不要啦，我還要睡覺……」正夫瞇著眼和輝夫求情。「哥……我快吐了……」

正夫趕緊拍拍輝夫的肩膀，要輝夫放他下來。輝夫聽著，便與正夫喃喃說出。

「Mziboq Su。」

「吉崩速？」正夫被放下地面，瞇眼問向輝夫。

「『吉崩速』就是高砂族泰雅語『早安』的意思，我朋友教我的——」輝夫開朗地說起。

正夫回到床上，被輝夫哥戲鬧後腦袋全清醒過來，看著哥哥隨即收拾書包，下樓前還對坐在床邊睡眼惺忪的他叮嚀幾句。

「對了，你不要和多桑說我在練習高砂話——除非多桑有一天也會講，你才能說。」

「嗯，我知道了。」正夫打了個大哈欠，既然是哥哥要求的，他便會守住這個祕密。

高山一君不諳高砂語，要是有人對他說起高砂語，或遇到有人好奇高山一君的身分與語言，多桑便會惱羞成怒，只是過往會隱忍著回家，直到夜裡，才會將白日的心底委屈抱怨給孩子聽。

中學校的放學時間，輝夫與幾個朋友一起步行回家；輝夫也常常帶正夫加入同學的聚會。

「這是我的弟弟正夫，和我的同學們打招呼吧。」輝夫拍拍正夫的肩膀，和幾個同儕介紹起弟弟。正夫仰頭看向這些健壯的同學，每個人都是膚色黝黑、鼻梁高挺，是自己印象中標準的蕃人面容。

「嘿，輝夫的弟弟，怎麼這麼瘦小啊，一點都不像你哥啊。」幾個同學們上下打量著的目光，讓正夫也不好意思起來。

「他們都是我在中學校認識的蕃人同學，有泰雅族、布農族，也有阿美族的，可惜我們全校也沒幾個蕃人同學，不過他們的高砂語都沒忘記，不像我們，唉……」

輝夫介紹之後，一位高大的男同學低頭看向正夫，開口問起。

「正夫，你有沒有自己的名字？」

正夫疑慮皺眉，反倒問起這幾位哥哥。

「名字？我的名字就是高山正夫啊？」

同學間面面相覷，又與正夫問起。

「不，我是要問，你的高砂名字是什麼？」

「我是……」正夫轉頭望向輝夫。輝夫搖頭聳肩。「我們都沒有高砂名字。」

「我們沒高砂族名，是多桑沒替我們取，並非我們自己不要的。」正夫看輝夫些許尷尬，便趕緊解釋起。

奇特的是，正夫看向一旁，更是不可思議於自己的輝夫哥……竟能逐漸與高砂同學們說出自己聽不懂的，那專屬於山野溪流之間的高砂語，儘管並不流利，但輝夫明顯聽得懂，也能說得出口……

與輝夫的同學分開時，正夫怯怕地走在輝夫身邊。

「哥……這樣真的好嗎？我記得多桑說過……要把自己完全當成日本人，不要認為……自己是高砂人。」

「沒關係的……」在夕陽的燦爛黃光之下，輝夫拍拍正夫的肩膀微笑說起。「你不要告訴多桑便是。」

「我不會說的。」正夫皺眉思索，隨即點點頭，承諾哥哥永遠保守這個祕密。

不能告訴多桑的，還有另一起不可思議的聚會。有天下午，輝夫的高砂同學們帶著輝夫與正夫兄弟倆，一起去與剛因傷退役的吉村勇先生見面；只因吉村勇先生是一位一九四二年就去菲律賓作戰，身材高大健壯，且失去右耳的高砂義勇軍。

那天午後，高砂同學們聚集起來前往一間小神社，只見吉村勇先生一身挺立的軍服，在神社前低首合掌，祭拜當時在菲律賓島嶼陣亡的同袍。

「我們大部分人都回來了，但還是有些人不幸戰死，所以我一回來不久，便常常來祭拜他們。」

祭拜完後，吉村先生與輝夫一群人微笑說道。

「若要說我最想念誰，大概就是我同村的泰雅同袍野田一郎……那個沒有月亮的夜裡，我們為了突破屢攻不下的機槍地堡，已經犧牲了突擊隊上的好幾位弟兄，最後是野田一郎身上綁著手榴彈衝鋒，趁著夜色衝向前去，在地堡之前被射倒在地……就在地堡前方兩米處引爆了身上的六顆手榴彈……我們才有機會能攻下來。」

吉村先生敬佩地說起，瞳孔內彷彿映出戰鬥中閃爍明亮的焰光。

「那起爆炸就像煙火一樣，轟一聲火花飛散，還意外連帶引爆了那個地堡內的火藥，引發了更大的爆炸……那是我這輩子看過最亮的夜晚，爆炸聲讓我耳鳴好久好久，一直到現在，一閉上眼睛，還是彷彿能看見這道火光……」

神社四周風和日麗，傳來綠繡眼在榕樹上的輕鳴，但輝夫與正夫為這場壯烈的戰鬥而目瞪口呆，那是生活在都市的孩子的人生經驗中，怎麼想像也無法觸及與理解的戰場。

「那夜……我們衝過美軍的營區防線。那些美軍士兵在我們面前毫無招架餘地，一個一個中彈倒下。」

吉村勇雙手擺動著，彷彿自己正在戰場上操作三八式步槍，一個一個瞄準美軍士兵射擊，隨後掩護躲避再屈身射擊。

「我丟了很多顆手榴彈，爆炸之後，那些美軍全都安靜下來——因為只有我們高砂義勇軍的士兵，能把手榴彈丟到這麼遠的地方。那些美軍丟的手榴彈全在我們前方幾十公尺的地方就爆炸了，根本傷不到我們。」

許多高砂義勇軍從童年開始狩獵，優異的運動能力讓投擲距離超於常人；而高砂義勇軍的戰鬥方式，便常是潛伏至對手附近後，眾人一起揮臂將手榴彈拋出，手榴彈飛過遙遠距離，集體落入對方陣地陸續引爆，讓敵方出乎意料且無處可逃。

「夜襲的時候，那些美軍全都慌張地亂開槍，我一個個衝上前，用刺刀放倒他們，我的耳朵就是和他們搏鬥時被刺刀割掉的。」

吉村勇比著自己的臉頰傷口與缺去的耳殼，儘管是殘缺，但輝夫的幾個同學卻都羨慕地看著，傷痕果真是男人的勳章，讓吉村勇先生比任何人都像戰士。

「我割開一位美軍士兵的喉嚨，那個士兵就躺在地上瞪大眼睛看著我，喉嚨裡面傳出咕嚕咕嚕的血水聲……」

戰爭不是你死就是我亡，如此殘酷卻真實，高砂義勇軍的勇猛超過眾人想像之外，更讓輝夫和正夫感到不可思議的，是吉村勇與眾學生說話之時，前來神社參拜的一隊日本警察在經過吉村勇身邊時，竟緩緩停下腳步後立正，對著吉村勇先生敬禮，這舉手敬禮的一瞬間，輝夫皺眉以為自己看錯，畢竟這是他未曾感受過的尊敬目光……

一路成長以來，就算輝夫成績如此之好，努力要求自己而追上各種期待，卻始終有個無法突破的玻璃天花板；就如之前曾有日本的學校來徵選學業成績好的台灣學生，去日本短期遊學交流，通常是日籍學生先獲選，若還有名額，便是台灣學生陸續被選上，但明明歷年來輝夫成績最佳，任何徵選的順位卻始終在最後……輝夫起初總自責自己不夠努力，但思索許久後才知曉，其實答案很簡單，一切都是蕃人的身分因素，儘管他自認是都市化的日本人，但畢竟外貌上無庸置疑「看來就是蕃人」……

與吉村勇先生相處一個下午，同學們四散返家時都明顯受到震撼。而輝夫心底無比洶湧，一旁同行的正夫想與哥哥說些話，輝夫卻都安靜不語，兀自走在前方。

「你能考上醫學院吧。」這夜，高山一君一邊低頭吃飯，一邊問起眼前的輝夫。

「多桑，我比較晚入學，比同學的年紀都大上一兩歲，也比同學都認真，這次應該能考上吧。」

輝夫篤定說起，只是高山一君吃飯間仰頭看著輝夫一眼。

「還沒考上之前都不能算數，對了……如果可以……你不要和其他成績不好的朋友相處……那會影響你的功課。」

「什麼朋友？」輝夫突然愣著，停下扒飯看著多桑。

「就是那些……高砂族的朋友……」高山一君邊吃飯邊說起，順手夾了一塊肉放在正夫的碗中。

輝夫驚訝瞪大眼，原來自己有高砂朋友之事，多桑早已全都知曉。輝夫氣憤地轉頭看向正夫一眼；但正夫趕緊搖頭，這祕密並非自己說出。

「不是你弟說的，我去學校問過你的學業成績，老師說你們都在一起聚會……老師也說他們這些人成績都比不上你，肯定會影響你考上醫學院。」

高山一君口氣平淡，低頭扒飯，彷若無事一般地說起。

「你們學校的老師說，這些高砂同學的英文說不好，日文也有口音，你少和他們在一起……」

高山一君未說完，輝夫遂放下碗，喊了聲「多桑——」打斷。

「我就是個高砂人！」

輝夫的喊聲讓一旁吃飯的正夫也愣著，只見高山一君憤怒地捶桌。

「我們從山上下來，才能過現在的生活……當日本人不好嗎？」

桌上的碗盤鏗鏘跳一下，湯匙喀啦一聲滾到桌緣掉下，隨即碎裂分開。

「住山下過現代生活不好嗎，你沒有一天在山上生活過，山上的生活你也過不了，那是有傳染病會死人，受傷沒有醫院可以治療的地方呀！」

輝夫眼看多桑竟失控對自己大吼，便也瞪大眼吼回。

「如果……我們原本就住在山上，生活本來就是那樣，又有什麼現代不現代的問題？為什麼多桑……要這樣背棄自己的靈魂！」

正夫在一旁看輝夫哥與多桑之間的怒吼，一時間也不知所措，未料多桑竟憤怒抓起桌上的木筷比向輝夫。

「好啊……我是背棄自己靈魂的人，那你被背棄靈魂的人養大，你又是什麼東西——這麼不想當我兒子的話，那你走啊，滾！」

「我走啊，我走就是！」輝夫大吼，但脫口而出的竟是高砂語，讓高山一君十分震撼，因為聽不懂而愣住無法回應。

「不用你說，有一天我會離開的……」輝夫意識到自己竟說出高砂語，趕緊以日語回答，收起怒意之後，便默默收拾碗盤，整理好桌面後便走回房間去，不再理會多桑的詫異。

對正夫來說，他也十分明白多桑的苦衷，畢竟正夫在公學校下課時，總會跟隨多桑去工作，便能看見多桑面對外界的另一面。

「我膚色很黑，所以那些都市人，有時候晚上都找不到我呢……還以為我是跑出來的標本之鬼呢，呵呵——」

多桑和日本朋友相處時，總愛說起自身膚色的笑話來拉近距離；儘管當時正夫才六、七歲，在一旁看多桑的日本朋友們捧腹大笑，卻讓他十分尷尬，畢竟多桑在家人面前時從未如此自嘲。

除此之外，正夫也能發現，動物園區內有臨時來負擔勞務的高砂人，日本職員對待這些勞務之人極度嚴苛，聽工人說起高砂語時甚至會當面怒罵；不過當職員轉眼看見多桑走來，儘管多桑也是蕃人臉孔，但園區內沒有多桑不行，因而能獲得日本職員的尊重……

正夫總想，若非多桑獲得日本大師教育出的標本技術，又有個被日本父母養大的純正東京口音，多桑也不可能在動物園區有個工作，還被日本人以禮相待……

正夫深刻面對到哥哥與多桑之間的衝突後，便常常在動物園關起大門後，蹲在動物鐵籠前思索。

「我這麼瘦弱……如果我從小到大都住在山上，說不定活不到五歲就被黑熊咬死……被山豬的獠牙刺死……還被猴子拿石頭砸死……」

正夫打量自己的手臂，似乎沒比籠內的猿猴強壯多少。

正夫蹲在鐵籠前，望著獼猴無盡思索，人類世界真複雜許多，身為動物只需擔憂吃喝就能度日，除此之外無須煩憂太多，真希望人類世界也能和動物一樣單純。

只是沒過多久，終於來到輝夫以第一名畢業，與多桑攤牌的那一日……

由於輝夫拿下極佳的畢業成績，多桑便與幾位老師和校長見面，商討輝夫在幾年後大學醫科畢業，可以拿獎學金去日本留學之問題。沒想到輝夫有天晚餐時，才剛盛好飯坐下，便和多桑說起。

「多桑，我今天沒去考醫學院考試，也已經報名高砂義勇隊。」

沒有參加一年一度的醫學院入學考試？高山一君先是愣住，卻兀自低頭吃飯，靜默動著筷子夾菜。

「多桑，我想去打仗。」輝夫眼看多桑無反應，又接著說。

「打仗？」高山一君再聽輝夫說一句，便把手上碗筷放回木桌，嘴角還黏上幾顆飯粒。「你……再說一次。」

正夫在一旁吃飯，看多桑瞪大眼也不敢應聲。輝夫便站起，對多桑字字句句懇切地說起。

「多桑，我要去當日本兵。」輝夫語畢，高山一君突然抓起飯碗丟向輝夫。輝夫卻也沒閃躲，胸膛被這木碗砸痛，飯粒散落一身。

「你說什麼，當什麼兵——」

「多桑，現在政府招募高砂義勇軍，要去打敗那些英美人，這個部隊就只有高砂人才能參加，要入選也很不容易，並非報名就能去，只有真正的菁英能參加——」

這一年的戰事如火如荼，但在台灣尚未進行徵兵，只有志願役才能參戰，要去戰場還要通過層層考核才有辦法入選，市井小民也以當到志願軍人為榮……輝夫語氣鏗鏘回應多桑，但高山一君聽畢，便起身快步走在輝夫面前，張開手臂用力打上一巴掌。輝夫瞬間失去平衡向後倒下，撞倒後方的木櫃，幾個碗盤因而滾落地板響著。

「你……你不行去當兵，打仗是日本人的事，不關我們的事！」

正夫在一旁握緊住碗筷，他從未見過多桑氣憤到全身的每寸肌膚彷彿都在顫抖，他只能僵在桌前不敢動彈，不知該要拉起哥哥，還是勸阻多桑。

輝夫屏息站起，擦去嘴角的血絲。

「多桑——你總是說自己是個日本人，也叫我們把自己當成日本人。我現在就是要為日本奉獻，當一個皇軍，這不是正合你意嗎！」

輝夫吼了回去，畢竟這句話正中高山一君的心底矛盾，讓高山一君更是氣得咬牙。

「為什麼想當個日本人就要去打仗？打戰是會死人的啊，別人想去就讓他們去……你不用去啊……你成績這麼好，去當醫生不好嗎，我會負擔你學費啊，學校要負擔你的獎學金，讓你以後去日本讀碩士博士——你去打仗幹什麼啊——」

「多桑，我成績好，更是要去參戰，只有讓我這樣的人參與戰爭，改變戰事，才能改變我們高砂人的地位！」

高山一君並未多說什麼，只是隨後將熱辣的手掌責打在輝夫左臉頰上，第二掌，第三掌，第四掌，第五掌……輝夫並沒抵抗，第六掌第七掌後，他又往後跌坐，雙手撐地爬起，讓多桑繼續毆打他臉頰，十幾掌之後，輝夫面部猩紅，鼻血流落，卻依舊沒有怨言，也沒有絲毫抵抗，就這麼挺著身子，任鼻血流淌全身，滴落地面。

「多桑，台灣人現在不能當兵，只有日本人才能當兵，我現在能去徵選當兵，是台灣本地人也沒有的榮耀啊，這就是提高我們高砂人地位的一種方法啊⋯⋯讓我們不再被叫『蕃人』，不會再讓別人看不起！」

擦去的鼻血又冒出鼻腔，輝夫依然站起挺住半身，仰頭對高山一君語氣鏗鏘地說起。

「我們高砂族不能自己丟掉自信，我們必須成為有尊嚴的人——去作戰，就是我們爭取地位的最好方法！」

看輝夫如此堅持，高山一君突然無語，畢竟第一屆的高砂義勇軍已從海外歸來，正因高砂軍人帶戰功回台灣，現在就連日本軍警見到退伍的高砂軍人都會敬畏三分，高砂族人們終於感受到前所未見的尊敬目光，這些事情高山一君自然也知曉，卻忍不住憤慨說起。

「不對啊——當醫生不行嗎？救人不好嗎？醫治你的族人不好嗎？你以後賺到很多錢，用這些錢照顧你的族人不是更好嗎！」

高山一君大吼，但輝夫絲毫不被動搖。

「多桑，當醫生還要讀好久的書，好幾年之後我才能當到醫生，但是要改變我們高砂族人的地位，就要趁現在啊——」

輝夫語句鏗鏘，口氣十分決絕。

「多桑，你放心，我只當一期就會回來，我一定會戰勝回來，我會當一個英勇的戰士，絕對不會讓多桑蒙羞！」

高山一君聽著，只能屏息無語，又看見輝夫凝視著自己的雙眼，懇切地說出。

「多桑，你要我去當醫生，就只是想要錢對吧……你放心，我以後絕對會賺到更多的錢，來報答多桑的養育之恩，十倍百倍千倍去償還，請多桑不要因為金錢之事，阻止這個機會。」

沒想到輝夫字字句句都讓自己無法辯駁，平日乖巧的兒子竟如此頑劣，事已至此卻沒法阻止他，高山一君憤慨的鼻涕眼淚都噴濺而出，只能高舉手掌要打下輝夫的臉，但這高舉的巴掌卻停在空中顫抖。

「如果你要去，你要保證——」

高山一君收起手，轉過身後甩下一句。

「你一定要活著回來，知道嗎！」

正夫在多桑與輝夫身邊看得眼淚撲簌，一個是喜愛的哥哥，一個是尊敬的多桑，他什麼話都說不出口……只能任淚水洶湧地盈滿臉龐，咽著喉嚨，滴答落入手中的飯碗。

第六章　決定出征

這年十歲半，還年幼的正夫並不能完全理解哥哥想要出征的決心，他最初心想，或許是哥哥身邊許多同學都去參加義勇軍，還能賺到很多錢養家，所以哥哥才想跟著去吧……

這時代什麼都是錢的問題，住屋、穿著與教育，已不是古代人只要有飯吃存活就好……若一個人家裡沒有家產，但有著一身健康的體魄，那麼去當軍人的確就是最佳的營生之道，這是正夫觀察許久的結論。

應徵高砂義勇軍需要經過智力測驗與語文測驗，對輝夫這樣的高材生來說輕而易舉，至於體能方面的考試，由於輝夫每天都嚴厲地鍛鍊身軀，也領先著其他應試者而合格過關。只是沒想到，當初和輝夫一起去徵選的高砂同學們，最後卻陸續因為各種測驗而落榜，只剩輝夫一人確定入選。

收到合格通知時，輝夫只覺得理所當然，等待入伍訓練的期間，輝夫依然嚴厲訓練自己，每天起床後便運動，運動結束後回到家中繼續讀書，陪伴高山一君製作標本，再將動物外皮小心地套上假體。一旁的多桑原本話就不多，這陣子每當輝夫在一旁時，更顯安靜無語。

通過徵選一個半月後，當出征日到來時，輝夫一大早就醒來，依然伏地挺身鍛鍊後，拿著布巾仔細擦拭流淌半身的汗水，隨後換上便服，走到標本室的木櫃前，認真看向自己當年被多桑首肯的「黃喉貂標本」，輝夫仔細地轉動好標本位置，讓黃喉貂的面部迎向窗光，一雙玻璃眼珠映出早晨的晶瑩光影。

臨行前，輝夫只和多桑點個頭便要離去，他明白多桑心底仍反對自己，便也沒多說什麼，只是輝夫心底仍期盼多桑的諒解，腳一踩出門，又轉身走回多桑跟前。

「多桑……我一定會回來，這是我對你的承諾。」

輝夫懇切對多桑低頭說，便轉身出門去。正夫不知該不該跟上，眼看多桑無語坐下，不想再多說一句話，正夫再也忍不住。

「哥——」正夫大喊，快步跑到輝夫身邊。「等我——」

輝夫停下腳步，回頭對正夫微笑，等待不到自己胸膛高度的弟弟來到身邊。

這日，要出征的男人們先集合搭火車，前往中心受訓數月後才能分發南洋戰地。不像村裡其他出征的男子，有著撐著旗桿與舉千人針的街坊遊行，輝夫只穿著最簡單的棉布服，獨自挺起一身精壯身軀走在市街上，路人總先被輝夫俊美精實的身材吸引，卻也因為他高砂族的面孔而有些畏懼。

「這家的人也要去當兵啊？」幾個街坊女子窸窣討論起。「我知道他們家……就是做標本的啊——」

「哎呀，好可怕啊，這麼會殺動物……他一定很會殺人啊，一定很適合當軍人呢。」

路人話語在耳裡迴盪，但輝夫無畏無懼，他從不在乎他人話語，這是他自己選擇面對的挑戰。沿路微笑的輝夫低下頭來，輕輕拍著正夫肩膀。

「正夫啊，你要知道，我們高砂人無需畏懼別人的話語，永遠抬頭挺胸，任憑別人怎麼說都不怕，我們要當一個勇敢雄壯的高砂人。」

「是的，大哥。」正夫點點頭，學習輝夫的姿態，挺起身子邁開腳步，跨向未知的前方。

來到集合地點的圓山車站前，輝夫和負責召集的軍官見面後，便轉身望向正夫的雙眼。

「我們就在這邊分開吧，接下來的日子，就讓我去闖蕩吧。」輝夫信誓旦旦地說起。

「我會帶好消息回來的。」

「哥……」正夫仰頭望向輝夫的臉龐，無法遮掩自己的不捨。

「你先回去吧，我會寫信給你的。」輝夫拍拍正夫的肩膀，隨即轉身出發，正夫站在路口捨不得離去。輝夫要步行進入車站之前，發現正夫仍站立街角沒走，輝夫便遠遠立正和正夫敬軍禮，右手指齊眉後放下。正夫不知該怎麼回應，便也學起哥哥的動作，隔著一條街以立正姿勢回禮。

正夫內心無比洶湧，輝夫哥能闖出一番名堂嗎？正夫好想衝上前去擁抱輝夫，被他扛起來在肩膀上甩動，纏著他的大腿問他許多課業問題……只見哥哥頭也不回走入出征的人群中，正夫便再也忍不住鼻酸，淚水撲簌落下，視線一旦模糊，那些站立的每一名男子都混淆成相似的身形，再也無法辨認哪一個才是親愛的哥哥……

正夫低頭轉身走回家，回憶起這附近每條街道上，都有與輝夫哥相處的回憶……直到走回標本工作室之前，他才擦去眼淚，假裝沒事一樣走入門。多桑一邊手撫著工作桌上的石虎毛皮，一邊與走入的正夫喃喃訴說。

「正夫你仔細看，這是東京那邊的博物館委託我們做的石虎標本，這體型的石虎很少見吧。」

正夫起初還以為多桑會問起輝夫出征之事，但高山一君口氣平穩，像是輝夫的出征並未激起任何波瀾。多桑隨即指揮正夫幫忙撐起假體，將癱軟的石虎皮毛裝入假體中，原本鬆垮毛皮立刻撐出立體身形，這體型難得碩大的石虎彷彿就要撲向前方，發出怒吼，只是這石虎的口腔明明張開，卻只是一個黑洞似的缺口。

「正夫你去拿石虎牙齒吧，在抽屜內有新款式，前幾天才從東京寄來。」

高山一君坐在工作室的藤椅上等待。而正夫一頭熱汗，打開抽屜拿出假齒時，不經意間抬頭看向黃喉貂標本一眼，一剎那以為黃喉貂正要跳出木櫃框架。他不禁屏息讚嘆輝夫的技術，得有多麼敏銳過人的才華，才能製作出如此生動的作品……這一刻，淚珠又撲簌落下，但他沒有哭出聲，免得被身後的多桑發現。

才剛與輝夫分別，正夫就開始想念，畢竟哥哥總是笑得開朗，一見面便疼愛地摸摸弟弟的頭髮，耐心教導正夫讀書。從輝夫不在的第一天開始，正夫已不習慣這過分安靜的屋子，也對突然變得寬敞的房間感到陌生，畢竟原本是可以容納兩人的房間，如今總覺得四周都是多餘的空間。

正夫索性打開輝夫的衣櫃抽屜，掛好的衣服線條筆挺，摺疊好的衣物都整整齊齊。他拿起一件輝夫的中學校制服披在身上，穿上後肩膀兩側便垮下，他又戴起輝夫的盤帽，一戴上便歪向一旁。走在鏡前，正夫看向鏡中還是孩子的自己……真希望有一天能和輝夫哥一樣高大雄壯，有著渾身健壯的肌肉。

輝夫出征超過一個月後的深夜裡，窗外一陣白霧散去，高山一君清晨醒來時，發現霧雨在毛玻璃窗上留下痕跡。他一直都沒有收到輝夫的消息，心底惦記著輝夫，起床後便望著窗上的雨滴不語。

正夫常常走下樓去，發覺多桑鎮日靜默坐在藤椅上，雙眼望向窗外的雲朵，又彷彿沒在看，就像一個人型的標本。屋內總十分靜謐，正夫走過安靜的多桑身後，發覺動物標本們看來都比多桑有生氣許多。

不像其他認識的朋友家庭，收到孩子出征之後寫回的信，彼此分享孩子入伍後的各種喜訊。

「我的孩子受訓後獲得表揚，這不是件容易的事呢。」

有天，高山一君遇到山邊下來的高砂獵戶，兩人一邊交易石虎和白鼻心時，他便聽獵戶驕傲說起。

「我兒子說第一次丟手榴彈訓練，砰一聲爆炸好可怕，但是他很快就克服了，還丟出了最遠的距離……不愧是跟著我從小打獵的兒子啊。」

看著這位獵戶說起孩子參軍的驕傲神情，知曉孩子參戰後訓練、轉移駐地、各種人生中難得一見的嶄新見聞等等，只要無關乎機密的消息，都能轉達給家人知曉，彷彿入伍成為軍人是打開孩子的視野之窗。

「對了，你的孩子輝夫，不也有考上前一梯次的高砂義勇隊嗎——他有寄信回來嗎？」

這位獵戶問起，高山一君便忐忑搖頭。

「還沒……」高山一君勉強撐出微笑。「可能還在適應吧，晚點再寫沒關係。」

儘管嘴上這麼說，但日子一晃又過數月，高山一君常在製作標本的空檔，站在門邊等待郵差，寄來的往往都是和標本交易有關的信件或是明信片，始終沒有輝夫的消息。

正夫下課後走回工作室，見多桑站在門口等待，便叫喚一聲：「多桑，我回家了。」多桑卻沒聽見似的，呆愣著站在黃喉貂的標本之前不語。

當初說要參加義勇軍時，高山一君打罵輝夫的畫面仍歷歷在目，但是當沒有輝夫的消息時，卻又一副不安神態，這讓正夫更加明白多桑有多疼愛輝夫……

這日晚餐時，高山一君喃喃對正夫說起。

「我猜你大哥……應該是去到一個不能說的地方，所以才沒得通信吧。」

多桑的話語呢喃嘆息，儘管還想說些什麼，卻又欲言又止。

「多桑，當軍人到底是怎麼一回事……參加軍隊真的不好嗎？」正夫想追問更多，卻只換來高山一君的無語以對。彼此話語凝住許久後，高山一君才吐露出口。

「我當年……就是被去山上的警察帶離開山，日本的軍人警察都很厲害，我也是受日本的教育才有今天……」

高山一君不常說起這段過往，但只要提及時都會面露笑容，彷彿過往的這段回憶並不影響他的心。

「若非日本人入侵，殺害高砂族人，我也不會來到這裡……可也是多虧了日本人我才能受教育，有機會成為不一樣的人……正夫啊，我們高砂族的人生，到底來說……都並非自己能選擇的啊……」

正夫明白多桑內心有多鬱悶，便停下追問，低頭兀自扒飯。

自己是高砂族在台北的第二代，正夫總心想，或許自己未來生育小孩，那孩子便是「都市高砂族」的第三代，也許到了那時，孩子便不會有這樣的惆悵吧……

正夫如常在公學校上課，其餘時間回家協助多桑製作標本，畢竟輝夫哥不在家，勞務之事就要正夫去負擔，扛回柴火、幫忙丟棄體積碩大的垃圾或屍塊，那些對哥哥來說毫不費力的事，換到個頭還矮小的正夫身上，有時便沉重到根本扛不起，只能吃力地分次進行。正夫常常看向自己的手腳，期盼趕緊長大，只要夠強壯，就能輕鬆扛起那一桶溶液，輕鬆鋸斷僵硬屍體的硬骨頭……這些工作愈是吃力，正夫便愈發想念起輝夫。

原本高山一君是不抽菸的人，但輝夫出征失聯半年後，他便開始抽菸，常常抽得標本室內都是菸氣。正夫有時下課後一走入，一聞到濃厚的菸味便咳嗽，皺起眉頭。

「多桑……你不是說過標本沾上菸味，就會讓人感覺到『是假的』嗎？」

正夫的話語喚醒暫時失神的高山一君，他趕緊把菸熄去，打開窗讓四周的菸氣散去。畢竟標本要給人的感覺就是彷彿是「真的」，大自然的野生生物怎會冒出人工的香菸味？

只是對正夫來說，這問題彷彿也回問他自己，如果沾到人工的氣味就不像野生，那像自己這樣的高砂族呢，沾染到都市氣味就不像高砂族了，就不是常人眼中的「蕃人」了嗎？

正夫忍不住回想起輝夫出征前那夜，與自己所說的那些話語。

「我們高砂一族，要找回我們的自尊，自尊要靠自己去爭取，正夫，你知道的啊。」

正夫點點頭，仰望輝夫篤定的神情。

「不要忘記祖先，我們雖然住在都市，但我們仍是高砂族。」

其實正夫聽輝夫的話語後，儘管點頭認同，但心底還是無盡迷惘，畢竟自己出生以來就住在都市，也說不出一句高砂語，自己明明就只是一個……有一張高砂臉的日本人啊。

輝夫在一九四三年的夏末入伍。一九四四年初這幾個月，學校老師開始課堂讀報，讀完再讓每個孩子站起來發表感言；這幾次閱讀關於殖民地與零式戰鬥機的報導後，老師便叫住正夫。

「來，這一份報紙的內文很特別，非常適合高山正夫同學來朗讀。」老師揮動報紙對正夫微笑。正夫忐忑地走到教室前方，拿過報紙後，仔細將新聞一字字念出。

「我大日本帝國軍隊在南洋連戰皆捷，打得英美盟國抱頭鼠竄，繼真珠灣攻擊後，又再度重創美國海軍……高砂義勇軍在前線再次痛擊島上駐軍，攻下一座機場……」

報紙上傳來捷報，日軍屢屢擊敗鬼畜英美，正夫看著新聞就微笑，真不知道哥哥去哪裡工作，有沒有和報紙說的一樣衝鋒陷陣，成為他口中的英雄；而同學們聽到捷報，全都舉起手來忍不住歡呼，老師也忍不住鼓掌。

「正夫朗讀得非常好，字句也非常清晰，若是閉上眼睛，根本無法分辨是蕃人在朗讀呢。」

雖然受到特別鼓勵，但正夫聽到「蕃人」二字卻低下頭來，不知該如何回應。老師便走向前去拍拍正夫肩膀。

「正夫，何必羞愧……」

被同學如此檢視，正夫屏息不敢多說，但老師微笑握住正夫的雙手。

「蕃人是值得驕傲的血緣啊，你的哥哥為國家去打仗，是很不得了的事情，要不是身為蕃人，又怎麼能參加高砂義勇軍打敗英美人，對吧？」

女老師的真誠鼓勵，彷彿暖流輕撫正夫的心，他心底一股悸動，方才抬頭看向同學們的羨慕眼光。

「現在台灣人要去當兵可不容易啊，要經過層層考試才能考上，要勇猛強壯，又要聰明理解戰場，還要會操作一大堆武器，可說是忠心愛國又有能力。你們這些孩子長大後，就要像正夫的哥哥一樣，加入軍隊啊！」

在女老師的鼓勵之下，同學都忍不住鼓掌起來，對正夫投以崇敬的眼光。這一瞬間正夫初次感覺到……或許哥哥說的是對的，儘管並不認為自己是蕃人，但正夫竟因蕃人身分而飄飄然。

更特別的是下課時，好幾個同學都圍在身邊。

「正夫，拜託你再多說點哥哥的事情啊——」同學們湊在桌前，但正夫一時間不知該如何回應；就連心儀的女同學林秀娟，也湊過來身旁。

「你的哥哥可以為國家去打仗，真好。」林秀娟笑容滿滿說起，隨即又露出哀怨神情。

「像我家的哥哥都無法去當兵，他先前去考過志願軍人，可是第一階段就被踢回家呢，回到家還被家人恥笑『真沒用』，哭了好久啊。」

「是啊，輝夫哥真的很強壯，我常常被他舉起來在天空轉，哈哈。」正夫忍不住說起輝夫哥哥就發笑。林秀娟這才發現，原來上課時少語的正夫也會開口微笑。

「你再多說一些你哥哥的事啊。」其他同學湊上來，正夫也只能抓頭回應。「我哥哥……只有說他想參加軍隊，其他的事情都沒多說……我都不知道……」

正夫靦腆傻笑，一時間也不知道該多說些什麼，臉頰都紅潤起來，突然全身發熱，真不知道該坐還是該站。

甚至打掃的時候，正夫一時興起，握緊掃把當作槍，便在學校花圃邊與林秀娟說起。

「說不定我長大以後，也會和哥哥一樣去打仗呢……」

「好羨慕啊，真想讓我哥哥每天都鍛鍊，才能再去當兵。」林秀娟一臉欣羨望著正夫說，讓他也不好意思起來。

好幾日來，正夫上課都收穫許多羨慕的目光，還能遇到平常都不會和自己說話的同學的關愛。原本對正夫有些防範的同學陳文君，也逐漸對正夫親近起來；甚至陳文君與林秀娟兩人約好，這天下課一起來拜訪正夫。

「來吧，讓你們看看我家的標本。」多桑不在家，正夫小心翼翼推開門，引領陳文君與林秀娟緩步走入標本室，兩位同學終於能近距離看向家中陳列的動物標本，忍不住嘖嘖稱奇看向正夫。

「雖然這些標本不是我做的，但我也幫了很多忙。」正夫拍了拍一隻最新製作完成的石虎標本，毛皮上的斑點還閃爍著光澤。

「正夫，你比想像中……更不像蕃人。」林秀娟說起。陳文君也好奇嗅聞著標本室的空氣，忍不住脫口而出。

「正夫……我多桑都說你們蕃人『有一種味道』……但明明這裡沒有啊……」

正夫一聽這謠言不免有些迷惘，他知道陳文君這「味道之說」並無惡意，只是聽來有些不舒服……但……正夫思索，沒想到成為朋友後，自己便能不在乎這些話語。

正夫順手拿起手邊一小塊山羌骨塊，隨即用砂紙打磨成一個個小珠子，打洞串上繩子，要送給陳文君與林秀娟當禮物。陳文君先是一臉欣喜地把玩這吊飾，儘管捨不得，又把吊飾還給正夫。

「真的很謝謝正夫……但我不能拿，如果不小心被我多桑發現，他會很生氣吧……正夫，你千萬不要和我多桑說我有來過這裡……」

「為什麼？」正夫拿回骨飾，忍不住疑慮。

「因為我多桑說……你們好像有一天會殺人的樣子……但我知道當然不會……正夫是很溫柔的人……」

陳文君無比忐忑。正夫倒是撐出理解的微笑。

「那快走吧，不要被你多桑發現了。」

兩位同學離開門後，陳文君才跑開幾步又停下，轉頭望向正夫微笑，對正夫用力揮手。

「正夫，希望我們永遠都是好朋友。」

哥哥去參戰之後，大家都開始願意與自己交流，就算曾經有些許誤會，也會因為交流而化解，終於能有機會打破隔閡成為朋友。

初次感受到人生變化的正夫，忍不住蹲坐在標本室角落，仰頭望向這些垂吊的乾燥動物毛皮。他這才猜想，或許正是自己年紀小，才會對哥哥參加戰爭而疑慮吧，也許應該拋下那些感想，不要和多桑一樣怯弱，而是應該要和哥哥那樣勇敢和鍛鍊，讓自己成為威武勇猛的人，就會有更多人喜歡自己。

下定決心後，正夫隔天早上起床便開始伏地挺身，儘管做幾下就氣喘吁吁、手腳痠軟，但彷彿只要做些運動，便能更接近輝夫。

「呼喝——」正夫赤裸半身，邊開合跳邊喊話，雖然清晨仍有些微冷，卻運動到全身熱燙，身體冒出蒸氣。

「多桑，我去跑一圈動物園。」清晨出門的正夫與多桑點頭後奔跑而出，不斷在早晨進行各種鍛鍊，高山一君心底對於正夫的成長既開心，卻也有些迷惘……

迷惘，來自於昨天與動物園的職員聚餐時，管理高層之一的佐佐木先生看到高山一君到來，便馬上激動地高舉酒杯，主動致敬。

「啊，貴公子能去參加戰爭，真的很了不起啊！」

身材寬大的佐佐木先生笑得開朗，敬酒之外，也突然和高山一君勾肩搭背。佐佐木先生畢竟是個體重近百的壯漢，勾肩後重量一傾，便讓高山一君失去平衡，身體緊靠著牆倒下，引起一旁人們驚呼，趕緊前來攙扶。

「我兒子還在戰場，都沒寄信回來……」高山一君不安地扶起佐佐木先生。「不知道……他過得好不好。」

「一定好，肯定好，只要去作戰就是厲害了啊！」佐佐木先生仰頭喝下這杯清酒。「如果讓我再年輕個十五歲……喔不，十歲就夠了，我就能去參加軍隊，去南洋作戰──我也可以和高砂人一樣勇猛啊！」

佐佐木先生拍胸膛，硬擠出雙手臂肌肉，彷彿高舉起槍，隨即瞄準前方的空氣射擊，只是酒醉之後視線不清，高舉的雙手也顫抖起來。高山一君見了這姿態卻也忍著不敢發笑，佐佐木先生馬上搭上高山一君的肩膀，再次舉杯慶賀。

過往，佐佐木先生對待高山一君，就只是上層日本管理人員對待台灣下屬的關係，從未見過他露出這種友好的神情。

「國家需要的……就是你們家這樣的英雄啊……真是太令人驕傲了啊……」

佐佐木先生酒意發酵，竟突然情緒潰堤，大哭出聲。

「我……我以前要和全世界交涉買動物，所以很明白……我們日本過往就是被別人看不起……所以動物都買不到啊。現在能有這樣的成果，就是由眾人努力來的啊……我們終於出頭了啊……這場戰爭贏定了啊……」

宴席上許多人喝醉後，紛紛走來與高山一君點頭致意，有些則是用力握手，甚至上前來擁抱；高山一君這才知曉，職員們過去都曾想與他交流，但直到輝夫參軍才彷彿是一把鑰匙，一次轉開階級隔閡的鎖，甚至開始尊敬起高山一家人。

這天回家的路上，高山一君渾身酒氣，內心些許飄飄然，步伐也飄搖起來，走到門外之時，正夫一看便快步前來攙扶多桑。

「多桑……你不是說過，只有卡桑的忌日才能喝醉嗎……」

正夫擔憂地遞上毛巾，幫忙擦去滿額的汗水，拿出先前裝碎骨腐肉的木桶讓多桑醉吐。

高山一君癱坐在工作桌前，轉頭望向屋內各種標本，自己日復一日製作標本，生活從未改變……唯一改變的，就是輝夫去當軍人這件事啊……莫非自己真的錯怪了輝夫……輝夫心心念念，就是要讓身為高砂人獲得尊重……是真的啊……自己真的被尊重了，是自己錯怪輝夫了啊……

輝夫投入訓練與戰事，從此沒再寄信回來，大概是與自己賭氣吧，高山一君心底明白，這孩子很有毅力也很有骨氣，肯定可以有一番作為。

高山一君仔細打量輝夫製作的黃喉貂標本，靠近後拍拍毛皮上的些許灰塵，再將標本的鬍鬚梳理整齊，打量幾眼之後，隨即將自己製作的「小白腹黃鼠狼」移去別的框格，將輝夫製作的黃喉貂標本高高拿起，輕輕擺放在木櫃最醒目的正中央。

第七章　參戰之事

輝夫自從入伍後便下定決心與家人斷去聯繫，畢竟投入軍隊訓練這四個月間，時間全被管制，他只在放假日到營區附近的街道散步，坐在路邊靠著牆壁寫起家書。他想告訴多桑自己即將到海外作戰，但思索後隨即折起信件，收進胸前口袋。

「退伍回家那天，再把這些事告訴多桑和正夫吧。」

輝夫起身扛起背包，儘管想家，卻總是屢屢壓抑住寄信的念頭，只想趕快到戰地打仗，獲得戰功與勳章，最終光榮返家，便能取得一切的原諒。

出征海外之日終於到來，輝夫初次搭船走上甲板，從高雄前往菲律賓的海浪晃蕩浮沉，放風時間到，輝夫從船艙走到甲板望向遠方，此時台灣在海平面上成為一條細小的綠色線條，即將要消失在海平線上……但輝夫心中的熱血情懷卻愈發澎湃，顛沛的船期竟也不覺得苦，等到運輸船到菲律賓後，大隊下港口集合，隨即拉拔到馬尼拉休整數天，再坐船到印尼的島嶼去。

抵達小島後，輝夫隸屬的小隊除了每日在戰地挖掘壕溝、建築掩體和地下坑道，還要一邊派哨兵監視航線上的船隻，一邊躲避敵人的監視；只是這座島嶼彷彿被戰爭遺忘似的，明明輝夫預期自己是來投入作戰，但數週過去竟然都沒聽過槍聲。他總站立島嶼上望向遠方海面，偶爾看見鯨魚群浮起，偶有一隻旗魚跳出水面，夕陽西下之際海波一片平靜，彷彿這座島嶼是世界上最平靜的角落。

不過，畢竟是前線戰地，平靜的日子並未太久。

「小隊和我一起來，我們要執行驅趕任務！」

雖然高砂義勇軍是台籍軍隊，但軍官全是日籍人員，藤本少尉一早整隊，呼喊帶隊全副武裝前往森林內。輝夫和阿美族同袍深田達男等一隊人持槍前進，沿著泥路與林蔭，穿過沼澤與灌木，迎面看見那些森林中膚色黝黑，身材瘦小的島嶼原住民們，各自住在茅草搭建的屋中，還拿著竹製的弓箭與長矛，儘管對這突入的軍人感到恐懼，這群島嶼原住民卻也無能為力，不敢舉起手上武器攻擊。

「你們走吧，不要待在這裡——」

雖然語言不通，藤本少尉還是拿起腰間的手槍，指揮驅趕這些島嶼原住民。輝夫滿臉困惑與原住民們四目相對。一位年邁的巫醫在深田達男的面前合掌祈禱，隨後揮動草葉驅邪，發皺的眼眶隨即落下淚水。

一排高砂軍人與原住民面面相覷，輝夫也不免愣著，隨即上前詢問起藤本少尉。「這些人……趕走之後要去哪裡？」

「不用管這麼多，他們會自己找地方住！」藤本少尉與士兵們呼喊。「以後這裡就是我們的第二道防線！」

眼看語言不通，藤本少尉隨即對空鳴槍，砰聲之後，小隊數十人直接持槍站成一排，同時往前走去驅趕島嶼蕃人；見一排軍人氣勢浩蕩走來，島嶼蕃人這才嚇得縮身，趕緊抱著竹籠中的雞與小豬等牲畜，成群遁入森林更深處。

驅趕這座島上的原始蕃人，對輝夫來說是無比奇特的任務，原來這世界上其他島嶼上的「蕃人」不分男女皆赤裸著上身，只以樹葉與獸皮遮掩下體，手上僅有的武器是弓與竹矛，但……如果這些人是藤本少尉口中所謂的「蕃人」，常人眼中的「原始人」……那麼，像自己這樣受過教育，甚至能通過層層軍事考核的「蕃人」，又算是什麼？

「這裡全拆了，動作快！」輝夫無法思索太多，藤本少尉下令之後，輝夫奉命拿著圓鍬與十字鎬拆去原住民的茅屋，把雞舍搗毀，將木柵欄與茅草頂堆疊起，將原本的部落全部整平；隨後輝夫每日都在帶隊挖掘壕溝，拉起鐵絲網限制敵人路線，隨後清除機槍陣地前方的草葉與樹叢。

數週過去，未聞一聲槍炮聲響，只有十字鎬撞擊石塊的聲響每日依舊，然而這座平靜的島嶼，卻藏著肉眼看不見的隱形敵人——瘧疾。

輝夫這日與小隊一起挖掘壕溝時，布農族的同袍中山哲雄不斷喘息，緩步來到輝夫面前，突然雙手失力地放下圓鍬，雙腳一跪暈倒在地。輝夫趕緊跪地撫著中山的額頭，發覺他正發著高燒。深田達男也上前來，攙扶昏迷的中山哲雄到醫務站去。

走了數百公尺到醫務站，輝夫這才發現，原來已有好幾個日本軍人倒在後方的病床上顫抖，每人都臉色蒼白無法動彈。

醫官走近，以聽診器仔細聽中山哲雄的胸音，測量一下體溫後，竟然直接轉身離去。

「請問醫官，他怎麼了？」輝夫叫住醫官。醫官平淡說起。「這是瘧疾……很常見，但這裡無藥可醫。」

醫官的話語讓輝夫愣住，與現場幾個同袍面面相覷。

「沒有……沒有藥可以醫？」輝夫追問。「這怎麼可能，防瘧疾的藥……不就是奎寧嗎？」

醫官先看向輝夫嘆口氣，隨即比著地上眾多無床可躺的同袍，直接明白地說起。

「我就老實說吧……在這裡，只有日本軍人才有奎寧可用。」醫官聳聳肩。「其他的人都不能用。」

「什麼……我們也需要藥啊！」輝夫一聽情緒更是激動。「我……我們就不算日本軍人嗎？」

「很抱歉……這並非我所能決定，現在補給不順利，藥物很有限，我們只能先將藥物分配給內地人……你們台灣人、朝鮮人……甚至沖繩人都沒辦法先有藥……我已和上級申請，下次補給船再來，你們就會有藥。」

「下次船來……是什麼時候……」輝夫焦急問起。但醫官搖頭，他並不知情。

輝夫心底不是滋味，身在前線卻也無能為力，不知怎麼，只想著那個島嶼原住民巫醫凝望自己時的眼神，無助之中伴隨不安，夾雜難以言喻的恐懼……

只是中山哲雄等不到下次補給，便在數天後昏迷中離世，本還以為能夠將他的骨灰帶回台灣，但島嶼駐地進行火焰與煙塵管制，軍醫要輝夫把中山哲雄埋葬即可。

埋葬的那日午後，輝夫雙手拉著中山哲雄的屍體進入土坑中，這一瞬間，他忍不住回想起自己製作過的標本，初次見到熟識的人化為癱軟的肉身，輝夫就像製作標本那樣調整姿態，將中山哲雄的腳屈起，手懷抱胸前，以符合土坑的大小。

「對不起了，我們只能這樣……」捧起土覆蓋中山哲雄的臉龐之後，再逐步以圓鍬覆土，將身軀掩埋在土地之下。輝夫的內心無比惆悵，中山哲雄可是個體型壯碩的男子，有著重量級拳擊手一樣的體態，只是再強壯的肉體也無法抵禦疾病，明明是一起出征的同袍，卻沒辦法一起搭上回家的輪船。

沉悶與沮喪在輝夫心中彌漫，原本想為國作戰，光耀門楣的戰鬥心思，逐漸在每天沉重的戰地勞務中消磨……直到有日在森林間清理石塊與木頭時，天空中突然傳來轟隆隆的悶聲，輝夫仰頭一看，那是一台美軍的轟炸機，名為ＰＢＹ卡特琳娜（PBY Catalina）的水上飛機，正從防區上方劃過天際。

「隱蔽——隱蔽——」藤本少尉快步衝入林間大喊。「不要被這台飛機發現——」

輝夫躲避在藤蔓之下，仰頭從樹冠縫隙看向ＰＢＹ卡特琳娜的巨大後艙，就像一隻巨大鯨魚飛過天際，由於這台飛機的雙翼能掛載魚雷，還能停在水上起飛，一直是駐島日軍重點監視的飛行器。不過令輝夫覺得奇特的是，飛機速度並不快，此時若地面上的士兵有機槍能對空連射，運氣好也能擊落。

ＰＢＹ卡特琳娜繼續飛向前方約三公里遠處，沒想到竟從空中慢慢下降，降落水面後滑行一陣，便緩緩停在海面上。

「他們到底在幹嘛？」儘管每個高砂義勇軍的隊員視力極佳，但三公里已在步槍的射擊距離之外，普通人肉眼已無法分辨，更何況眾人大多帶著圓鍬與十字鎬出來，步槍都沒有帶滿。

「這是個好機會，把它打下來如何？」看著巨大的水上飛機降落海面，揹槍的士兵們紛紛拿起步槍瞄準，想要創造戰功，只是敵方就在眼前，藤本少尉卻跳到眾人面前大喊。

「不要攻擊——不能開槍，不能被發現——」

藤本少尉對眾人大吼，隨後跑到前方沙灘上趴地觀察，以雙筒望遠鏡監看海上的ＰＢＹ卡特琳娜。

「它在救人……原來這附近有美軍的飛機被擊落。」

透過望遠鏡仔細看向三公里遠處，海面上有著數個漂流物，藤本少尉瞇眼看清，這些漂流物是人而非木頭，可能昨夜附近有被擊沉的貨船或飛機。不到十分鐘，人員救援完畢後，這台水上飛機便從海面上直線滑行加速，隨即起飛後在空中迴旋，又再次掠過輝夫所在島嶼的天空。

「我每次射擊都滿分啊……要是給我一把好槍，我們一小隊人搭船過去一些，開槍就把他們打下來。」

身旁的深田達男如此說起時，輝夫忍不住生出疑慮，這台體型巨大的美軍ＰＢＹ，竟能在戰地前線的海面上救援，不怕被日軍飛機攻擊？

「這附近一定有人指揮……」輝夫內心如此思索，否則這飛機在茫茫大海上飛行，怎可能找到海面上如沙子般大小的漂浮者。

果真，這天下午一架日軍的水上偵察機在高空中巡梭時，發現附近島嶼冒出煙氣。許多原住民都會烹煮東西而冒出炊煙，對飛行員來說只是戰爭迷霧中的小小雜訊，但這天日軍飛行員好奇低飛探向四周，竟從樹叢中發現一塊白色布幔，一眼便知有人跡；也就是因為這情報，日軍決定在夜裡派出小船前去探勘，從海面上以望遠鏡中透過星光，發覺島上早有美軍搭建哨站和武器據點，只是隱藏在濃密芭蕉樹叢中無法從空中詳細辨識。

確定附近的島嶼上有美軍哨點駐守後，指揮部便對輝夫所在的部隊下達作戰命令。

「緊急集合——」隊長呼喊集合全隊，直接宣布任務。「我們今晚即將要進行襲擊四海浬外的小島，哪一個小隊自願？」

長久的戰場構工，早讓這些士兵疲勞不堪，此刻正需要一起參與任務來挽救士氣，在軍官一聲詢問下，全體隊伍竟都舉起手來。指揮官訝異這部隊竟然全員舉手，忍不住鼓掌。

「很好，非常有鬥志啊——不愧是赫赫有名的台灣高砂部隊，我們大日本帝國一定會勝利的！」

正因為是夜間小部隊快速行動，因此只選出十人，在夜裡搭船前往哨點突襲，經過軍官評估，理所當然的讓過往表現最好的輝夫小隊出征。出征前，長官說明任務，由於對方哨站隱密，肯定是負責觀察附近海面動向的監視哨，一定會藏有無線電發報機與密碼表，此次作戰目標是得到密碼表，因此突擊必須快狠準，一旦執行就得快速前進，切莫讓對方有機會燒毀密碼表。

「知道我選你們的理由吧！」任務計畫簡報之後，指揮官在輝夫面前大喊。「你們是最勇猛的戰士，任務只許成功不許失敗，發揮高砂人勇武的精神，打敗這些美國人，把情報都帶回來——」

「是！」輝夫再次立正呼喊，與小隊員們一起舉手敬禮。

為了任務進行順利，小隊白日不再構工，除了讓突擊隊員吃飽之外，還讓成員們天未暗就入睡蓄養體力，儘管突然改變作息，但在長久的前線構工之中，每個士兵的身軀都已過度疲憊，只要給予睡眠時間，突擊小隊成員便毫不客氣的睡去。

只是未到任務時間的黃昏時刻，輝夫便清醒過來，只因內心深處不斷湧出一股難以言喻的興奮感，畢竟經過長久的訓練，終於要真正面對戰場……但是……自己真能上場應戰，殺死那些美軍士兵？訓練就算再殘酷與嚴苛，畢竟就只是模擬戰場，輝夫愈去想像真實的戰場，心底便愈是忐忑。

就如同當年製作標本時，輝夫總在心中一遍遍思索，進行「想像練習」，只是這回換成突擊戰鬥，他想像自己全身武裝後，從小船上跳上沙灘，匍匐前進來到前線突擊美軍，不斷拋出的數顆手榴彈以弧線落地，再緊趴低頭迴避爆炸的火光……輝夫一遍一遍透過腦中各種思考演練，思緒愈陷愈深，呼吸每每隨著想像中的戰鬥而起伏，直到腦海裡的戰鬥結束才平緩下來……

光憑想像，輝夫便已渾身汗水，他緊緊閉上雙眼，深深喘息安穩情緒，第一次的作戰一定要好好表現。

黃昏時分，輝夫的雙眼眼珠映著豔黃濃郁的夕陽，臉龐映著太平洋上的彩霞，此刻開始整裝，日軍的卡其色制服在夜色中不會過於明顯，身體的色彩與氣味盡可能融入黑暗之中。輝夫拉緊綁腿，鋼盔戴穩，磨利的刺刀後掛在槍口上，將子彈裝好上膛，備用子彈在腰帶掛載的子彈盒中。

「每個人都要多帶手榴彈，記得我們的戰術——」藤本少尉仔細下達命令，眾士兵便將手榴彈掛在身上。

輝夫與同袍們的突襲方法是潛伏後，集體拔除手榴彈插銷後讀秒拋出，進行大量引爆，由於高砂義勇隊的戰士們臂力異於常人，加上許多戰士打過棒球，可以至少在五十公尺外大量投出手榴彈，且準度極高，讓敵軍防不勝防。

此刻，七顆九七式手榴彈掛在輝夫的胸口與腰際，加上全身配置的圓鍬、槍枝與一百二十發步槍子彈、背包與水壺……超出過往經驗的裝備重量，壓迫肌肉與意志，讓輝夫初次感覺到戰爭的沉重。

輝夫反覆深呼吸，要自己奔騰的心獲得些許平靜，回想自己在台灣時立下的宏願，身為一個高砂人，終於能為自己的榮耀奮力一搏。

我可以……我可以辦到……

我一定可以……

輝夫將泥巴抹在臉上，用以破壞面貌的特徵，彷彿將成為一隻夜行的獸。輝夫仰望星空後閉上雙眼屏息，讓耳際穿過海水拍岸的沙沙聲響，等待幽暗深夜的來臨。

第八章 黑夜突襲

深夜兩點整，這場突襲正式啟動，小隊由藤本少尉指揮，帶領輝夫班兵共十人，搭乘動力小艇出發。

小艇引擎啟動的一瞬間，儘管四周有著引擎噪音，輝夫卻突然感覺自己的雙耳彷彿被撥動開關，彷彿世界全部的動物鳴叫都悉數穿過耳際，彷彿同時擁有貓頭鷹的視力，能一眼看穿黑夜中所有角落……

為避免被美軍發現，動力小艇在距離美軍哨站半公里遠處的淺灘處下船，眾人快步跳下半身高的海面後，隨即踩在下陷的海沙上，雙手高舉步槍以免浸泡到海水，緊接著在水壓中吃力奔跑向前，藉著浪花掩蔽身形。在夜色中快步搶灘後，隊員陸續躍入岸邊的灌木草葉之中，悄悄潛入美軍哨所外兩百公尺處。

藤本少尉以望遠鏡掃視美軍哨站，星光下，哨站輪廓在森林一角仍十分清晰，甚至能以肉眼發現值班的士兵身影在走動；眼看美軍哨站的士兵並非毫無準備，他滿額汗珠，回頭看向小隊等待自己吩咐。畢竟這是藤本少尉帶隊的第一次夜襲，儘管接受過多次訓練，個性也十分勇猛頑強，但面對真實的戰場仍止不住緊張。

輝夫仔細打探四周，總感覺不知道是腎上腺素的影響，或是……自己本就是一個屬於大自然的高砂人，能知曉自然之中的變化，他能清晰看見前方黑暗中每一樹幹後方，每一塊大石頭的角落下藏匿些什麼，夜色對自己來說竟絲毫無懼。很快的，輝夫便發覺哨站前方數十公尺處，樹影遮蔽處地形並不自然，懷疑可能有暗哨或陷阱，若是在此視線不清處貿然進攻，肯定會被美軍發現以機槍掃射……只是小隊光是從出發移動到此，就已花費一小時半，若再拖延下去，等到天光亮起視線清晰，便失去突襲的意義。

「誰去查看！」藤本少尉轉頭，對身後士兵低聲下令。「必要的時候就先攻擊，想辦法打開機會，我們會繼續前進，接續攻擊……」

「是，交給我！」輝夫聽到命令，儘管知曉危險，卻馬上卸下背包，僅帶著必要的突擊設備，便抓緊步槍匍匐前進，在森林如一條蛇滑過落葉，只發出細微的窸窣聲響。

輝夫來到一段大枯木前，匍匐在地緩緩觀察，此時已離哨站三十公尺遠，他這才從夜色中發現前方守衛的身影，隨後更是確定有兩把機槍，就在沙包搭起的遮蔽處後，而槍口就朝向自己潛入的森林方向，看來美軍也早就判斷這方向必須加強防守。而輝夫又匍匐前進幾公尺，便發現藏匿於樹叢後的鐵絲網，若方才小隊貿然衝鋒，突擊隊員肯定會陸續卡在鐵絲網上，又被機槍掃射攻擊，小隊肯定會全體陣亡……

輝夫一面慶幸自己有來潛行查看，卻也明白事已至此便不能回頭，若是攀到另外一面再潛入，肯定會錯過最佳的突襲時間。

眼前的鐵絲網不高，間隙也不緊密，要克服並不是問題，但輝夫一定要發動第一擊，破壞機槍才能往前突襲，於是爬向一旁的草叢，來到一棵樟樹的後方。他蹲下將胸口掛滿的手榴彈拿出三顆，屏息後倒數，隨即拔開插銷，向著美軍機槍處連續拋出三顆手榴彈，尋常的夜暗無聲之中，從天而降的手榴彈落地後不出數秒便接續爆炸，突發的襲擊使得哨點操控機槍的士兵哀號慘叫。

「成功了！」對於自己初次丟出的手榴彈能成功炸傷敵方，輝夫在黑暗之中興奮咬牙，儘管任務艱困，但終於跨出了戰鬥的第一步。只是本以為這機槍兵被解決，部隊就會往前突襲，自己便能跟著一起跳過鐵絲網前進，部隊卻依然停在樹叢後不動，讓輝夫也不知所措，半分鐘後哨站裡的美軍已全員動作，馬上持槍對外頭森林暗處開槍。

「可惡——快進攻啊——」輝夫躲在樹後心底直喊，四周穿過美軍士兵射擊的子彈曳光，身上也布滿子彈打下的尖銳樹皮。

輝夫不能理解，為何潛伏森林中的日軍們竟沒能趁機進攻，錯過了突襲的最好時機，從掩體內跑出的美軍士兵陸續反擊，開始操控兩隻機槍連續向著森林射去，連續的機槍子彈壓制四周，更不可能向前移動。輝夫明白一定要打破僵局，若對方趁機破壞機密資料，就算打下這據點也算任務失敗，他便更是壓低身子，任子彈在頭頂上方穿過，匍匐前進到鐵絲網前，拿起鐵剪只剪斷一處便趕緊縮身鑽入，就算手腳被鐵絲尖端劃傷也無所謂。

輝夫鑽入後，馬上持槍跑動射擊，立刻引起其他美軍士兵的注意。他隨即轉身跑到哨所木牆後躲起，接著朝向士兵處連續丟出手榴彈，再度引發一陣爆炸與哀號。

「有日軍跑進來了，快點反擊——」美軍士兵持槍對著建築物方攻擊，引起哨站內部一片混亂；直到此刻，日軍突擊隊員們才從森林中向著哨站密集射擊，一時間火光四射，槍聲在耳際四周咻咻割裂空氣。輝夫畢竟也在日軍突擊隊的射界之中，為避免被射中，只好蹲低趴地，閃避林中射來的子彈。

過了數秒，輝夫打量現狀，這才發覺倖存的美軍又轉向射擊森林方向，可能認為輝夫這入侵者已死去，確定自己安全之後，輝夫這才趴在地上，以步槍攻擊美軍機槍手在夜色下的輪廓；美軍士兵沒料到背後竟還有人，便一個個中槍倒下。

「快啊——」輝夫心底無比焦急，直到這一刻，突擊小隊才不斷拋出手榴彈，一時間眾多手榴彈落地，他便趕緊縮起身子，掩身在建築物後方，手榴彈陸續引爆後破片四散，輝夫臉頰被破片削到，血流下到嘴唇處，他嘗到自己帶有鹹味的血液……直到爆炸過去後，他趕緊確認自己四肢尚在，沒被手榴彈的破片炸到分離，只是耳鳴不止，眼前全是爆炸引起的洶湧煙塵，一陣陣掩蓋視線。

暫且平靜的數秒之間，輝夫這才發覺日軍部隊正向前衝鋒，很快就跳過美軍藏在草叢下方的鐵絲網，開始向哨站內進攻。輝夫這才敢起身，眼角餘光中，幾個美軍士兵正從哨站撤退，遁入夜暗的森林之中躲藏。

戰果已在眼前，不追實在太可惜，輝夫丟出胸口掛著的最後一顆手榴彈，引爆之後逼迫美軍轉換方向，他這才快步從另外一邊跑過，試著追上逃去的美軍士兵，卻沒想到才邁入林間的黑暗中，輝夫竟和一個從樹後竄出的美軍當面撞在一起，這用力一撞讓他暈眩不已，趕緊扶起樹幹站起身；眼前美軍也因撞擊而踉蹌趴地。由於兩人只差一步之遙，這距離無法以步槍瞄準開槍，輝夫下意識馬上握緊步槍向前突刺，美軍士兵趕緊以步槍抵擋後也刺向輝夫，刺刀就在輝夫的右耳外十公分刺向空氣，輝夫低身向前，再度以槍柄撞擊對方，一次槍柄的對撞後，美軍士兵失去平衡跌坐地面；輝夫二話不說再以刺刀向前，美軍士兵儘管側身躲避，但腹部被刺刀口劃破，哀號一聲便趴身在地——

「呀——」近距離的格鬥令輝夫忍不住尖喊，再次順勢操作步槍劈砍，不料黑暗中無法判斷清楚距離，步槍上的刺刀砍到一旁樹幹，輝夫手一麻震，步槍竟脫手落地。

儘管雙手震麻，但攻擊不能中斷，輝夫顫抖的手掌抽出高砂義勇軍所配置的長腰刀，向前砍向美軍士兵的腹部。對方以槍柄試圖隔擋，但刀尖再次劃開腹部，小腸隨即流出；只是沒想到，這美國士兵就算已如此痛楚，嚎啕尖叫中，竟還能拿起步槍試著對輝夫開槍。輝夫在夜暗中看槍口輪廓向著自己，槍彈從自己頭顱邊劃過空氣，他只得向前一個跨步，再次用力以刀刃刺入美軍的胸膛，只見對手哀號只剩氣音，倉促呼吸中的喉間吐出鮮血，沒數秒便昏厥過去。

輝夫這才喘息著起身，回頭發覺身後已有日軍士兵突入哨站的身影，美軍哨站據點已被攻破，同袍紛紛進入後開始搜刮情報。

「前面還有美軍——」輝夫回過神來，趕緊喊聲指向前方，隨即拿起步槍朝前方樹叢連開數槍，直到把自己配發的子彈全打完。

「停，不要追了——停下——」藤本少尉高聲呼喊，眾人只能任逃逸的美軍士兵身影隱入暗夜叢林。「為什麼不繼續追——」輝夫衝出去，對著藤本少尉指向漆黑的森林；

美軍不可能比高砂人更懂黑夜與自然，一定能抓到這些俘虜。

「他們那邊可能會有防線，而且我們天亮就得回去，你不能再追。」

藤本少尉喘息間對輝夫下令。但輝夫心急，也比著森林方向。

「不可能……長官，他們身上什麼都沒帶，後面也不可能有可以防守的地方，我們可以抓俘虜回去問情報！」

輝夫對藤本少尉大吼。藤本少尉一愣，便皺眉吼回。

「高山輝夫，我們的任務是把重要的資料帶走，你快去一旁警戒，這是命令！」

帶隊的藤本少尉身為軍官，務必完成上級交辦的任務，遂令部隊開始搜刮，還好哨站的指揮設備尚未被破壞。藤本少尉趕緊將無線電發報機、密碼表和許多可用物品全都抓起帶走，隨後就著一旁燃燒的木頭火光，仔細檢查紙張上的文字。

這場交火時間其實只有數分鐘，戰鬥快速結束後，雙方便未再發一槍，四周的蟲鳴也才重新響起，輝夫的腎上腺素逐漸退去，大腦才從戰鬥的獸性轉回為人，方能重新思考——原來這就是真正的戰場，生命就在須臾之間消失……就如輝夫眼前地面上死去的美軍士兵，身形十分高大壯碩，身上的槍枝與設備皆十分齊全，戰敗並非訓練不佳，而是難以預料子彈會從何處而來，任何人在戰場的下一秒，都有可能瞬間死去……

輝夫坐在地上喘息，對於自己總算立下戰功而微笑，但下一秒卻突然全身發顫，開始喘不過氣而吃力深呼吸。

「剛剛多虧了輝夫啊，要不是輝夫冒險前進，我才能活下來……」

阿美同袍深田達男坐下來喘息，比著受傷的臉頰。

「剛剛他們對著森林裡用機槍掃射的時候，我臉頰被子彈擦過……」

深田達男的臉龐有一道鮮紅的血液持續流下，戰鬥歇止後，便趕緊用布巾擦拭止血。

「要是他們有反應過來，將兩把機槍都對我們這邊打，我們可就一點機會都沒有了……」

深田達男打量著剛剛發生之事，由於藤本少尉一直拿捏不定突擊時間，就算輝夫投擲的手榴彈，造成對方反應不及的空檔，卻也只是蹲著等待不敢突擊，若沒有輝夫再次進攻造成對方的混亂，這隻突擊隊便只是待宰的動物。

另一位同袍將美軍的步槍與其餘武器堆起，並清點一旁地面有十來個美軍屍體，突擊隊各自受到大小皮肉傷，但無人陣亡，能夠有這樣的成果，全賴輝夫最初的冒險突破，吸引了美軍的注意力。

藤本少尉知曉突襲成功全賴輝夫的努力，便緩步走來輝夫面前，與他慎重地握手。

「這是不得了的戰功，你值得獲得勳章，我回去之後會和上級說要表揚你。」

輝夫屏息，第一時間還無法回應藤本少尉，只能不斷眨眼點頭。畢竟心底還縈繞剛才近距離殺人的感受，那些中彈時瞬間癱軟倒下的人影，被手榴彈爆開的身軀肉塊，近身感受到的呼息與人類體味……但不可思議的是，此刻他腦中第一時間竄出的，竟然是多桑的臉……以前在標本工作室，多桑要自己練習殺動物，將皮膚和骨頭都拆下，但直到輝夫這次以刀尖刺入美軍身體，才驚覺原來人與動物的身體質感並無二致……畢竟，人類就是動物呀……儘管這句話是廢話，但……若非作戰，誰又真的有經驗，把尖刀插入活人的身體之中呢……

輝夫牙齒打顫，坐在角落喘息，大腦竟不聽使喚，猛然竄過種種童年生活情景，父母親對自己細心照料，小弟正夫依賴自己……

直到數分鐘後心情平復，輝夫才能起身，走向剛剛刀尖相對的美國士兵身邊，看著地上癱軟的屍體，輝夫蹲下從美軍士兵口袋中取出筆記本，以燃燒火光查看一頁頁破舊的紙張，上頭寫的全是英文，日記本內還夾有一封家書，要寄給住在加州的妻子……輝夫懂英文，這位名叫約翰的士兵來到此島嶼才十多日，在信中提到還沒遇到敵人，小島風景十分優美，每天只需排班監視海面，相信自己應該會平安度過戰爭……

一旁的深田達男便把美軍的牛肉罐頭拿來，打開後以地面上燃燒的建物火焰加熱些許，隨即開始吃起。

「這……真好吃呀……」深田君吃了一口，眼睛瞪大。「比我們的罐頭更好吃。」

「有這麼好的罐頭能吃，還不是被我們打敗！」另一位作戰的同袍也坐下喘息，撕開一包美軍餅乾開始吃起。

「如果每天都給我這麼好吃的東西，就算是美國，我也替他們作戰，哈哈……」深田達男吃著，忍不住高舉罐頭微笑起。

「等等，前線的食物有可能被下毒嗎？」輝夫仔細提點，深田達男便揮手說道。

「哈哈，輝夫君你別擔心啊，這裡可是離島中的離島啊，這些美軍千辛萬苦才來這邊駐紮，不可能帶用不上的資源，你就放心吃吧。」

思索現狀，深田達男說的是對的……輝夫閉上眼，仔細嗅聞這罐牛肉的香氣，突然不知怎麼，腦中竟又竄出多桑的身影……多桑曾接受學術單位委託，要替一隻牛製作骨骼標本，經過同意後，多桑便把部分牛肉留下燉湯；只是輝夫一想到這隻牛骨頭將成為標本站立，便仔細如藝術品般處理著每根骨頭，而自己竟把肉都吃去，彷彿不尊重這動物似的……那是輝夫第一次因為製作標本，而對這些動物情感混淆。

好奇怪，怎麼會身在嚴酷的死亡戰場，卻又突然跳出這種不痛不癢的過往回憶，輝夫甩甩頭，猛力不斷眨眼，要自己回過神來。

眾人完成任務，在沙灘邊際的草叢中等待海船接駁；此時天尚未亮，美軍不會在夜間前來反擊轟炸，暫時算是安全的狀況下，便安排人員輪流站哨，讓戰士休息。

「輝夫，你快休息一下吧——」隊員拍拍輝夫的肩膀。「我們來站哨，讓英雄能打盹，哈哈。」

輝夫微笑著接受好意，先踢了椰子樹一腳後退開，確定上方沒有椰子之後，便靠著椰子樹瑟縮起身體，閉眼嘗試休息。叢林邊際充滿各種夜間聲響，未知的鳥鳴聲總讓輝夫回憶起圓山動物園，若是順利退伍回去後，輝夫一定要把這晚之事與家人仔細訴說，然後將自己獲得的英勇勳章，輕輕地掛在正夫的脖子上……

朦朧間，輝夫突然回想起正夫可愛的笑臉，不禁也跟著微笑起來，經歷極度亢奮的作戰後，終於卸下一切，緩緩沉入海潮聲不止的夢境中。

第九章　陣亡令

一直都沒有收到輝夫寄來的家書，他到底去了哪裡？

在學校內，正夫常常在下課時腦中竄出這問題，便在座位上撐起下巴思索哥哥的去處。輝夫離開台灣已經半年多了，現在到底在哪，是菲律賓還是印尼，還是去了世界上誰也不知曉的角落戰鬥？

陳文君正與另一個男同學拿起竹竿當作刀劍，在學校走廊相打，碰碰乓乓聲響不止。

「鬼畜英美，去死——」男同學高聲呼喊。「去死去死去死——」

「我是高砂義勇軍——攻擊！」陳文君躲在大樹後呼喊。「夜襲——偷襲——」

兩個男孩裝模作樣的打鬥，陳文君狀似被擊敗，隨即抓起樹下的松果，假裝拉動插銷，將松果拋出去，大聲呼喊。

「三、二、一——手榴彈引爆啦——你死啦——」

日本男老師聽到嬉鬧聲，緩步走來陳文君與同學身邊，看兩個男孩嬉鬧中喊著去死去死我要殺了你，老師卻也沒制止雙方的野蠻遊戲，只看上一眼後便轉身離去。

一切看在正夫眼中不免荒謬，公學校入學那一年戰爭還很遙遠，也曾有學生如此打鬧，被老師罰站一整日，還找雙親來到學校，告誡彼此要有禮貌，來學校就是要學習文明……而現在則鼓勵大家的戰鬥之心。

戰爭下的生活一天天過去，到一九四四年的夏末之時，尋常的午後，一位中年男子前來正夫家拜訪，站在大門口左探右探都沒看到人，直到走到屋外後方，發覺正夫這孩子正滿頭大汗鋸開木頭，便湊近問起。

「請問……小朋友，你是高山輝夫的家人嗎？」

「什麼？」好久沒聽他人說起輝夫哥的名字，正夫先是愣住，隨即轉頭看向四周，但多桑去張羅材料，此刻並不在家。

「請問……」正夫囁嚅問起。「有什麼事情嗎？」

這中年男子拉挺衣領，整理衣袖，便再次問起。

「請問……你多桑在嗎？」

「我多桑說……如果他不在家，有什麼事情就和我說。」正夫皺起眉頭回答。

男子一看必須如此，便從背包中拿出一包紙張，從一疊文件中翻找，拿出其中一張攤開後便低聲說起。

「我是役所派來通知……高山輝夫……陣亡了……」

正夫一聽便愣住，盯著眼前男子正喃喃吐出字句。

「你的哥哥高山輝夫，已為國家光榮戰死！」

一聽到這句話，正夫全身彷彿結冰似的凍住，不管眼前這人怎麼呼喊，都無法反應。

「高山輝夫戰死了——戰死——你的哥哥——嘿——孩子——你怎麼了，聽得懂日語嗎？」

高山一君正好雙手抱著一塊木頭歸返，發覺屋外竟有個中年男子與正夫起話，不免起疑地走近一看，耳際聽見「戰死……」二字，他隨即拋下手上材料，快步來到役所派遣的男子面前。

「先生——你是高山輝夫的多桑嗎？」

男子見高山一君來到面前，便咳了咳，清喉嚨之後，隨即雙手拿著陣亡令，正式宣布。

「貴子弟高山輝夫君，已為帝國奉獻身軀，是我們大日本帝國的英雄，這是至高無上的榮耀！」

說完後，男子雙手遞交陣亡令給高山一君，以一張薄紙攤在面前，交代兒子的死訊……高山一君不敢置信，無法抬起雙手接過這張紙。

輝夫……死了……輝夫不可能會死……不可能……因為輝夫這孩子答應過自己會回來，他不會死的……只是心底竄過這些念頭後，高山一君卻屏息抬頭，看向這位傳達消息男子的嚴肅面容，明白這並非玩笑……

原本就不想要輝夫去參戰啊，誰知道他真的死了，真的死了啊……

正式收到陣亡令的一瞬間，彷彿有股氣卡住胸口，彷彿有雙手扼住了喉嚨，勒緊了心跳，沒想到快一年間沒看見兒子一眼，再知曉時竟已是死訊，身為一個父親怎能忍耐這事……高山一君像棵曝曬乾去的雜草，瞬間攤軟在地。「多桑——多桑——」任憑正夫在耳際呼喊也無用，他並非失去意識昏去，而是大腦彷彿接不上身驅的神經，再也無法操控身體，腦中湧出滿滿的憤恨……報紙上不是說戰爭順利嗎，不是打敗鬼畜英美了嗎……為什麼輝夫就這樣死去了啊……為什麼這孩子不先去讀書……為什麼要去參軍……為什麼……

扶著多桑回家之後，正夫也嚎啕大哭，仰頭嘶吼。

「輝夫——哥——騙人，你騙人，你說你會回來，你說你會回來啊——騙子——騙子——」

就算捶到雙手紅腫，流淚到昏厥，輝夫也不會回來，正夫更後悔自己竟曾因輝夫去當兵而感到驕傲，畢竟曾經有多驕傲，如今便有多痛苦。

知道輝夫戰死的消息後，正夫每天放學後便快步奔回標本室照顧多桑。多桑總是瑟縮在角落久久不動，雙手仍緊握著兒子的陣亡令，在這瀰漫藥水氣息的空間中，若不仔細看，還以為那也是一尊人型標本……

「多桑——」正夫總是嘗試叫喚。但高山一君就只是靜默坐在角落，就算許多天過去了，依然任由眼眶中的淚水滴答滑落。

街坊鄰居知曉這消息後，也曾前來探視過高山一君和正夫，除了送上些許金錢致意之外，並紛紛說出：「能為國家付出，是一種榮耀啊。」高山一君只能撐出微笑，等到這些友人離去，才握起雙拳用力捶向工作桌面，桌上的器物便震盪鏗鏘響起。正夫看多桑憤慨地捶桌，也不免雙拳握緊，跑到外面對著樹幹不斷地揍……啊……啊啊啊啊……

正夫不斷大吼，痛苦的鼻涕眼淚流滿臉龐，恨自己為什麼會這麼愚蠢……

只是輝夫的骨灰沒有運回台灣，高山一君身為父親無法安葬兒子，這怎麼也不能甘心，他前往打探輝夫的消息；但役所人員說明自己只是通知，無法知曉戰場之事。他便只能到處打聽輝夫在南洋之事，畢竟輝夫如此健壯，腦袋又如此聰穎，肯定並非莫名奇妙死去，就算輝夫真的和美國人作戰而死，也要知道是死在哪一場戰役，死在哪些美軍部隊的手上……

在輝夫過世的消息數月後，高山一君幾經打聽，終於找到部隊同袍阿美族的深田達男。由於深田達男已因傷退役後歸來台灣，據說住在新竹的市場，只要半天旅程就能找到他。

這日一大早，高山一君父子倆先從圓山車站搭車去台北車站，再從台北車站搭火車去新竹找人，輾轉半日後，終於看見二十出頭的深田達男，正在一個市場的果菜攤擔任小販助手，只是從戰爭歸來的深田君如今只剩下左手，右手的手肘以下已切除，皮肉在手肘處形成一個奇特的凹缺。

「請問……您是否知道高山輝夫……」高山一君走近便愣著問起。在果菜攤幫忙時，深田君以右邊腋下夾住東西，以左手包裝商品，一聽到「高山輝夫」這四字便怔住，緩緩抬起頭，打量起眼前這對陌生的父子。

「是的，我曾經和高山輝夫同一個部隊……」

知道眼前兩人是輝夫的家人後，深田君一臉忐忑不安，但既然來到面前也無法迴避，他便暫時離開果菜攤，與高山父子在騎樓下交談。

「那時候……要不是輝夫救了我，我肯定是無法回來台灣的啊。」

高山一君聽著便驚訝大喊。

「輝夫……救過你？」

深田達男凝視這對父子期望的眼神，也無法壓抑內心的感傷，這才低頭呢喃。

「輝夫真的是一個好人啊……不能將他帶回來，我真的好遺憾……」

深田喃喃說起遇見輝夫的過往，入伍後兩人一同受訓，到達印尼的小島後編成同一小隊，曾一起去攻破美軍隱藏在島嶼中的哨點，獲得上級表揚。

「我的臉上……還有當時的傷痕。」

美軍的機槍子彈曾擦過深田君的臉頰，只要再偏移一公分，就會在臉上打出一個大洞，讓腦漿噴濺而出。

「這一路上，要是沒有輝夫……我早就不知道死了幾回……」說起輝夫，深田達男的瞳孔中彷彿映出太平洋的波濤與夕日，那是他隱藏在心底最深的恐懼……

其實那場突襲不過是半年前的事，卻總有恍如隔世的錯覺，或許是因為發生在遙遠的太平洋島嶼上，那是永遠都不可能歸返的戰場……

那日深夜突襲成功後，臉龐以紗布包裹的深田達男負責站哨，讓部隊眾人等待接駁船隻時能先休息。雖然已天亮，輝夫在短暫的睡眠中夢見自己漫步走回老家，輕輕推開門後，便看見多桑在大木桌前安靜工作，而正夫從二樓階梯走下，一看到輝夫回家便展露出開朗的笑容……

「輝夫，醒醒——」深田達男趕緊拍打輝夫的臉頰，輝夫這才眨眨眼醒來。「你一直說夢話……」

「我說了什麼？」輝夫甩甩頭清醒過來，深田這才皺眉。「你一直笑，還說什麼刀子，骨頭、內臟什麼的……你到底夢見了什麼啊？」

輝夫知道自己在夢中的老家製作標本，但還沒解釋出口，便聽到遠方傳來小艇的引擎聲響。他下意識地抓起步槍轉身，確定海面上的是日軍小艇，便與深田相視一笑。

上船前，輝夫回看這幾乎被芭蕉林葉掩蓋的哨點，而這些躺地死去的美軍在沙灘上排成一列，這些美軍士兵生前肯定無法想到，突襲來得如此猛烈無聲，瞬間就奪去了生命……

「如果每天都能這樣贏美國人一場，這場戰爭我們就贏定了。」

深田達男有感而發告訴身邊的同袍。眾人便紛紛興奮高舉步槍喊著。

「是啊，我們一定會贏的——誰能贏得了我們！」

搭乘接駁船回去駐地後，基地的同袍們知道是由輝夫率先展開突襲，小隊才能在無重傷的狀況下完成任務。眾人對著滿眼疲憊血絲的輝夫鼓掌，全體成員忍不住大喊。

「輝夫真是英雄啊——是我們了不起的高砂英雄啊！」

面對眾人的稱讚，輝夫不好意思地看向大家，不禁有感而發，高舉雙手。

「希望我們高砂義勇隊都能愈戰愈勇，武運長久！」

只是沒想到，眾人還在雀躍心情，對天慶賀呼喊之時，附近哨兵卻突然吹哨，慌張指向前方湛藍無雲的天空；從菲律賓方向派出的美軍戰鬥機群，編隊成為細密黑點，正逐步靠近基地上方。

輝夫這才注意到，空中竟有十幾架戰機編隊靠近，馬上轉身大喊。

「敵機臨空——躲到森林裡——不要站出來——」

原來是美國P－51野馬戰鬥機陸續飛近島嶼，隨即俯衝攻擊，機槍掃過一串火光，將地上的一排椰子樹攔腰打斷。

又一台P－51正對著身後的地面打出一列火光，輝夫轉身一看，隨即撲向身邊的深田達男；一瞬間機槍火光掃過，深田的靴子立刻裂開，一開始還以為是腳掌被打碎，深田不斷在地上抱著腳打滾，但仔細看只是靴子裂開……

「快躲起來——」輝夫眼看又有一架P－51朝向深田達男的方向飛來，便跳出樹叢，用盡全身氣力，拉著深田連滾帶爬進入一旁森林中隱蔽身軀。

從叢林樹冠的縫隙中，喘息著的輝夫仰頭望向一整隊的P－51從天而降，左右掃射的當下，引擎聲響覆蓋耳際，基地上的人影只要來不及躲藏，便紛紛被掃射而亡，空中降下的機槍子彈威力驚人，被掃射的人體隨即爆裂，散落四方不成人形。深田君這才知曉，要是剛剛沒被輝夫拉住，他早已全身分離……

眾人躲在森林，只能看著P－51肆虐數分鐘後離去，過往揮汗打造的營區已半數成了廢墟。輝夫儘管憤恨卻也無能為力，轉頭查看煙塵之下四處都是碎裂的屍身，每次呼吸都聞到四竄的血腥味。

大家在樹冠下隱蔽許久，確定沒有第二波攻擊後，才從林中走出，收拾殘破的營區，將被掃射而死的同袍集中堆起。由於基地已被攻擊，且處處著火，部隊便不再明火管制；夜裡，輝夫把滿地椰子樹幹、漂流木堆成火堆，將不幸陣亡的屍體全火化成灰，以免細菌病毒感染倖存的人，這是戰場上的衛生守則。

一邊燒去同袍的屍骨，輝夫望向身邊的隊友深田達男，想起前夜的突襲戰鬥，與今日布滿天空的美軍戰鬥機……輝夫忍不住低頭喃喃。

「如果是我不幸死去……我希望深田君……能帶我的骨灰回去給我多桑……」

「輝夫——說這做什麼啊。」搬運屍體的深田達男，對著堆起陣亡者屍體焚燒的輝夫喊著。「輝夫……你是我們部隊裡最強的戰士，絕對不會死的——」

如果不幸陣亡，只希望自己的骨灰能完整的交回家人手上……其實在場的同袍也多如此想著，只是沒人會像輝夫那樣，直接將生死之事交代給同袍……

輝夫陸續將斷肢殘體丟入熊熊燃燒的火焰時，他突然體會到戰爭的另一層面，戰爭不只是肉身的對決，當超越人類力量的機器漫天飛來之時，數量又如此驚人，一個「人」究竟要如何對抗這些巨大的機械……這次是機槍掃射，那下次呢……

那麼，自己那夜的成功突襲，也僅是運氣好罷了，下次……還能再這麼好運嗎？

處理屍體的任務一直到深夜，在同袍屍身化為的火光之中，輝夫仰望南太平洋的繁盛星空，忍不住無盡的思索，或許腳下這座湛藍大海中的美麗島嶼，與來自台灣的自己……都將隨著這場戰爭，化為一片片帶著殘火的餘燼，隨著炙熱的氣流不斷往上迴旋，飄向太平洋的星空……

第十章　撤退

島上駐地被美軍戰鬥機反擊後，半成廢墟的基地才剛修復成堪用程度，便收到最新的電報，宣告島嶼駐軍的新任務。

「各位——由於美軍已經靠近，我們要從島嶼東邊的基地處，轉移到西邊的海岸去，再搭船回到大島去。」

指揮官對島上的日軍士兵宣達任務，原來美軍艦隊已在島嶼東方海面兩百公里處集結；情報單位判斷，美軍極可能會從島嶼東方進攻駐地，也就是如此，日本的運輸船絕對不能從東邊登陸接駁。

「各位請開始收拾物資，我們即將轉移陣地！」

軍官宣布任務後，眾日軍同袍便面面相覷，不敢相信美軍就快登陸上岸，透過部隊內流傳的耳語才明白，原來附近的島嶼駐軍早被美軍一個個解決……輝夫思索目前的際遇便能明白，部隊分散在各島嶼上也失去拖延美軍的作用，上級長官決定讓大家橫越島嶼，將島上的武器全都帶走，集中兵力協防大島。

收到命令的一小時內，部隊已將軍事物資蒐集裝箱，整隊離去之時，輝夫回看構工許久的駐地，戰爭之下任何物品都有被摧毀的可能，儘管心有不捨，但命令就是命令，必須將這從無到有，忙碌數個月的營區全拋棄在身後。

撤退的座標集合點在島的另外一面，為了隱藏蹤跡，部隊無法沿著海岸線前進，必須穿過島中央的叢林，叢林之中是無路密林，優點便是走在樹冠下能躲開美軍的監視，但林葉之下沒有正常路徑，輝夫的背包裝載彈藥，再扛著三把步槍在肩上，雙腳已沉重到陷入土泥中……

一路上，前方士兵先以刀具劈砍藤蔓灌木，推走倒塌的枯木，清理一條路徑後，後方的輝夫與同袍再往前搬運物品，移動速度因而比預定計畫更慢上許多。

「還要走多久啊……」渾身汗溼的深田達男問起同袍們。輝夫只能調節呼吸，喘息著邁步向前。「別問了，繼續往前走就是了。」

森林的燠熱讓士兵體能不斷下降，加上為了預防瘧疾損失兵力，長官不准士兵們脫下上衣，滿身汗水把制服都浸溼。

「輝夫，這給你。」休息時刻，深田達男看輝夫滿頭大汗，便挖出路徑旁的腎蕨地下莖，擦拭乾淨後拋給輝夫。

「我在山上工作時，都順便挖這個出來吃。」深田達男又挖出幾個地下莖拋給身邊眾人。「我總是邊工作邊挖，和老鼠一樣。」

輝夫初次見到這地下莖，擦去球狀外表的絨毛，去掉上方沾附的些許土泥，隨即捏著放入口中嘗試咀嚼，閉眼感受這酸澀中帶著鮮甜的微妙滋味，宛如大地的恩賜——突然間轟聲響起，士兵們抬頭從樹冠縫隙中看到美軍戰機臨空，彼此面面相覷，再不快點離開，若是美軍上島後可能全員被殲滅。

撤退的第二天開始，跟在部隊最尾的軍醫在休息之際，來到輝夫面前請求。

「食物已經不夠了，部隊裡面還有許多人脫水……輝夫，你能想想辦法嗎？」

面對軍醫請求，輝夫二話不說，立刻點頭。

「我們馬上去找。」儘管輝夫負重前行已十分疲憊，但依然和幾個同袍背著槍，到叢林內四處尋找食物，很快便發覺草叢前方似乎有一棵木瓜樹，橙黃色的成熟木瓜在綠葉之中十分顯眼，他便小心翼翼走向前去。

「輝夫……這場戰爭……會到什麼時候結束？」一邊尋找食物，身邊的深田達男問起輝夫；但這問題超過一個士兵能想像，輝夫思索許久後，確定四周沒有日本軍人在監看，他才說出口。

「我不知道戰爭會不會很快結束……我現在只想回去台灣。」

小隊同袍忍不住竊竊私語，出征幾個月後，只是遇到一次美軍戰機攻擊，部隊便減員五分之一，器材損耗剩下一半，既然如此，誰也不知道下個傷亡的人會不會是自己……

對輝夫來說，在經歷真正的戰爭後，儘管獲得了功勳，但輝夫心底已有不同的選擇……他突然好想念學校，揣想起了自己還沒讀到的大學生活。

「如果戰爭結束，我想回去讀大學。」隊員拿刀砍下木瓜枝幹時，輝夫在一旁如此思索，一邊拔起腳邊腎蕨的地下莖，一邊忍不住對著深田君喃喃自語。

「知識……真的是力量，有知識的人才有未來啊……」輝夫咀嚼起了蕨葉，隨即把蕨葉揉成團，敷在自己受傷的手背上。

「呵呵，你有辦法回台灣的話，怎麼不繼續待在部隊？」深田達男一聽便笑出聲。

「你可是戰鬥英雄，回台灣去一定會收到勳章，到時候……去訓練新兵也不錯，說不定有一天……還能成為第一個高砂人將軍。」

輝夫思索之中，打量著一旁樹叢前方似乎還有木瓜樹，便走向前去找尋。沙——突然間一陣閃爍，有飛鳥振翅的光影，輝夫抬頭看向飛過的鳥影，再低下頭來才發現，前方樹叢中竟有人影——

「是誰？」輝夫下意識警戒持槍，手指扣住扳機，對著前方叢林間的人影就要射擊，但過不到一秒，便發現是一隻紅毛猩猩緩緩走出樹叢，並不害怕槍枝，一雙大眼望著怔住的輝夫。

與紅毛猩猩雙目交會的瞬間，輝夫的食指趕緊從板機處放開，望著這隻成年母紅毛猩猩的臉龐，不知怎麼，輝夫又想起在標本室中的時光，說起來，多桑做過這麼多標本，但還沒製作過紅毛猩猩；而儘管輝夫已有對人開槍的經驗，但此刻對著「像人類的動物」卻遲疑許久，明明只要扣下扳機就能獲得珍貴的獸肉，他卻依然怔住，始終沒扣下扳機……

此時，輝夫的其他同袍正窸窣接近，紅毛猩猩便動身離去，這時才發現，原來這隻紅毛猩猩身後還有隻小猩猩，探出頭來看向持槍的輝夫，隨即又隱蔽在母猩猩後方。兩隻一大一小的猩猩在樹叢中回望輝夫一眼，便轉身進入搖晃的草叢之中，從此不見影蹤。

紅毛猩猩的主食是果物，大概是這些平常賴以為生的木瓜，竟被闖入的人類砍下取走，才疑慮地從樹叢後走出探看……輝夫喘息著放下槍，回想起紅毛猩猩的無辜眼神，突然慶幸自己沒被驚嚇到開槍……

「輝夫，你找到什麼了嗎？」深田達男從草叢中走出，發覺輝夫正專注看向前方草叢處，也不免握緊步槍警戒。

「沒有……」輝夫苦笑著摘下一顆半熟木瓜，隨後口中喃喃。「真希望能抓到幾隻山豬……」

「木瓜——我們帶木瓜回來——」輝夫和同袍扛著木瓜回來，還抓到兩隻大山鼠，一隻山雞，全帶回部隊處理後分給眾人。

許多士兵都分到一片木瓜，儘管只有一小片，但這香甜氣息也給予莫大鼓舞。看著眾人儘管苦難疲勞地坐在路邊，因為自己的努力而舒緩些許，輝夫也喘了口氣，不願再多想「回台灣」之事，畢竟目前的重點是走出這片叢林；儘管全身都是揮之不去的汗酸臭氣，揉合四周飛舞的蚊蚋聲響，輝夫轉過身去，繼續去林間搜尋可吃食之物。

輝夫與同袍隊伍為了隱藏身形，盡量只在清晨與夜間移動，若是白日，則躲避在樹冠之下，避免被美軍的偵察機發現蹤跡；只是沒能想到，第三天夜裡，當眾人繼續行軍趕路時，一發照明彈突然從附近樹叢中射向天空，輝夫隨即仰頭，照明彈的光影從天而降。

「這是怎麼回事——」輝夫大叫，指著劃破黑夜的閃爍光亮，由於照明彈就在正上方引爆，天空一陣明亮，讓同袍們都能看清彼此的臉。

「散開——散開——」輝夫直覺往旁邊跳入樹幹後方，整個身體倒伏在地。

「散開——」一位中尉軍官在樹叢邊大喊，但數秒後，隨即被一顆炮彈擊中，身軀瞬間灰飛煙滅。輝夫掩身在樹後，不敢相信自己的雙眼，原來一個生養數十年的人類，要消失在世界上不用一秒鐘……

這一瞬間，輝夫才發現遠處叢林間，似乎有美軍士兵正在跟蹤撤退的小隊，繼續發出照明彈指引射擊方向，便有火砲朝向森林亮光處狂轟濫炸。輝夫只能趴下在地，雙手摀住耳朵，如同在訓練時面對砲擊的舉動……他瞬間明白，美軍部隊已經上島了，將火炮架設好後，派出特種兵進入森林跟蹤，趁機發炮轟炸，要殲滅島上所有日軍……

只是當輝夫躲藏時，發現一旁的深田達男面臨轟炸，只能瑟縮身子在一棵巨大的樟樹邊躲藏。

「過來——快過來——」輝夫大喊叫喚深田之時，一發砲彈打斷一旁的樟樹，斷木朝向身軀僵硬的深田倒下。「深田——」輝夫再喊，但深田依然僵硬不動，輝夫只得跳出遮蔽的樹幹邊，抓住深田衣領拖向一旁去，樟樹斷木倒下後，似乎壓到黑暗中的士兵，哀號伴隨著爆炸聲此起彼落，但輝夫已無能為力，只能屈身保護著深田，躲在一塊土坑旁。

「深田——捂住耳朵——」砲擊之中，已然失神的深田達男看向輝夫的口型，這才逐漸回過神來，這火光四濺的當下，深田突然明白自己不可能活下來，原來自己鍛鍊出堅強的身軀，在美軍的密集轟炸下，竟如被車輪輾過的螞蟻，連曾經存在過的痕跡都無法留下……

※

「我……我只能告訴你們這麼多……」

戰後的深田君嘗試撐出微笑，將戰場與輝夫一同經歷之事告訴高山一君與正夫。但深田說出的過往太駭人，高山一君和正夫這才明白，所謂的戰場並非輝夫所說的那麼輕鬆自在。當深田君說到美軍轟炸之事後，只能以殘破的部隊繼續行軍逃離，深田君隨即面色一沉，不願再多說。

高山一君焦急湊上前去，激動喊著。

「後來呢——轟炸之後怎麼了，撤退的時候怎麼了，輝夫怎麼了，他怎麼了！」

「有一位藤本少尉……那時候他在森林裡……」深田呢喃著，彷彿就要說出事實，但又看向高山一君那雙倉皇不安的雙眼，只能低頭呢喃。

「對不起……這場戰爭還沒結束……我……我不能多說……」

眼見深田君如此猶豫，高山一君更是哀求不已。

「拜託你，能不能再告訴我們一點……我真的很想知道輝夫怎麼了……我們等了很久卻什麼都不知道，只能靠你了……」

高山一君的五官全皺在一起，淚水如午後陣雨般落下，隨即沾溼了衣領。深田達男卻只能屏息許久，搖頭回應。

「拜託你們離去吧，我……我真的不能多說。」

如今的深田君一雙憂愁的眼神，儘管和輝夫同樣有著精壯身材，卻缺去右手肘以下的手臂。

「那……能否請問……你的手是怎麼受傷的？」高山一君擦去眼淚，再次問起。

「回到印尼的船上，遇到美軍飛機來轟炸……」深田達男屏息許久，說出自己在接駁船的甲板上，被美軍轟炸而斷去手肘之下，昏迷兩天醒來後，發現自己竟僥倖被同袍拉上運輸船撤回台灣；更沒料到原本同行的運輸船有兩艘，但後方那艘在夜間遇到美軍潛艦攻擊，化為太平洋中的火光與孤魂。

「那時候出征的同袍……大部分都死了……我能回來台灣……已是萬幸……」

深田達男光是說起過往，便驚懼到渾身發顫。高山一君明白深田君不願多說的現實，而自己也知道夠多了，儘管沮喪，仍對著深田君鞠躬。

「不好意思，實在是打擾您。」

「不不不——是我要感謝輝夫……謝謝你們養育了他……拯救了我……」深田君終於忍不住，眼眶也含著淚水，對著高山一君與正夫彎身鞠躬許久。

高山一君致意後，便趕緊快步走遠。正夫膽怯地跟在多桑身後，兩人儘管內心千言萬語，也只能靜默無聲。正夫回看深田達男一眼，他好想知道輝夫哥更多戰場之事，但如今一切成謎，只能任他無邊的想像。

返家後，明明已是深夜，高山一君卻下樓去，在工作室裡繼續製作標本。

「多桑——」正夫從二樓走下，叫住沉默的多桑。「該休息了……已經很晚了……」

明明只有自己一人，高山一君卻坐在木桌前對著空氣喃喃自語，似乎沒聽見正夫的叮嚀。

「我不讓輝夫說高砂話，或許是錯誤的事呢……」

高山一君仰頭望向屋梁上的蜘蛛網說起，只見微微氣流飄過，蜘蛛網也跟著擺動。

「說不定……讓輝夫從小學會說高砂話……他就不會想去作戰了？」

高山一君又望向檜木櫃正中央，輝夫製作的黃喉貂標本。

「如果之前賺夠錢了，我們全家人都去日本生活，就算生活辛苦也無妨啊……輝夫的事……會不會就不會發生？」

高山一君望向屋中角落，又對著滿地的木塊喃喃自語。

「還是……當初我……根本不該和富士一美結婚……」

「還是富士死去以後，我該讓輝夫有個後媽……輝夫有好好被照顧，就不會想去當兵……」

「還是……輝夫早兩年出生就好了，那些第一批早些去當兵的人，不是大部分都好好的回家了嗎……但是後來才去作戰的人……情況不一樣了啊……」

「不，都是我害的，是我把他教得太努力，太有責任感，讓他變成那麼優秀的孩子，才會去承擔不屬於他的責任……才會走到今天啊！」

「當初輝夫每天體能訓練時……我應該打斷他，別讓他這麼強壯，他就不會想去作戰了，對吧……都是我害的啊，都是我害的呀……」

多桑失魂落魄，不斷訴說自責的話語。正夫悄聲走在多桑身邊，以免嚇到多桑，卻又不知道該說些什麼，只能輕柔叮嚀。

「多桑，該睡了……」

高山一君轉頭凝望正夫的雙眼，原本不安的神情卻又平靜下來。

「我出去走走……」明明已經入夜，高山一君竟披上西裝外套，不知要上哪去……

失去輝夫的每一夜，這個家彷彿沉入無邊的深淵之中。多桑穿上皮鞋走出門去，正夫探向玻璃窗外，黑暗間已不見多桑身影，只傳來多桑反覆踱步的皮鞋聲，叩叩……叩叩叩……叩叩……叩……這聲響反覆像是深夜的密碼，像是在追問什麼，正夫不禁想起那隻母獼猴，敲擊鐵籠的石頭聲彷彿還在耳邊迴響——叩叩，叩叩叩——

正夫明白，不管是猴子和父親似乎都在尋找一個答案，但答案卻沉入黑夜，永遠不會出現。

第十一章　新的動物

對正夫來說，整個世界彷彿因為輝夫的死去而停滯，多桑的魂魄，彷彿也被運輸船帶去了太平洋，海葬在洶湧的波浪之中……

但日子仍要過下去，正夫發現要幫助多桑的方法，就是更積極的把家中所有工作都承擔下來。每天公學校下課後，正夫毫不逗留馬上回家，在工作室打掃木屑，擦拭整理屋中每一個角落，又把搬動的木頭歸位，試圖讓一切都回到正軌。

這年入夏，動物園如常開門營業，午後有數輛軍用大卡車開入園中。

「正夫，快來——」陳文君跑來標本工作室外大叫。正夫滿額汗水，正在吃力處理木塊，頭也沒抬地回應。「有什麼好看的……」

「很多動物來了，新的動物來了！」陳文君興奮呼喊，手比著動物園門口方向。

新的動物是什麼意思，正夫一時間沒理解過來。陳文君比向數輛開入的卡車，引起陣陣塵煙遮蔽視線。他這才湊到門前，發現前方卡車上載運巨大的木箱。

「我多桑說，今天來的動物不一樣！」陳文君熱烈喊著。

有卡車到來並不奇怪，畢竟園內動物需要的草料、鐵籠器材，全都是體積巨大之物，只有大卡車才裝得下。待卡車緩緩停下後，正夫探頭探腦走近，才發現那些木籠內竄出各種聲響。

「終於要來了嗎？」幾個照料動物的飼育員被呼喚而出，開始在一旁等待卸貨。

一位軍官山田少尉從副駕駛座下了車，幾個卡車車斗上的士兵也跳下來，協同拉開後車斗上的鐵條，用拔釘器拆下巨大木箱；原來木箱中有騾，只是開箱時才發覺其中一隻已倒地死去，腐臭味瞬間衝擊眾人的鼻腔。

「呀，長官，這騾都死到發臭了！」一位年輕士兵緊捏起鼻子拚命搖頭。「上車之前不是還活著嗎……」

動物在運送途中，可能會因為「緊迫」而死去。同樣的行程，有的動物能撐過較長的旅程；有的卻在數小時內冒出屍臭。只是儘管有臭味，卻又讓一旁圍觀的人們忍不住想多看幾眼，畢竟是不常見的動物，怎能不讓人好奇？

正夫也好奇地放下手上的事，跟著陳文君一起站在路邊看著新運來的動物們。當許多路人與小孩都聚集起來，帶頭的軍官山田少尉便走上前，大方介紹起來。

「各位孩子們請看向這裡……」山田少尉方才揮手，眾人的目光便從木箱中騾子的屍體，轉而投向這位軍官身上。

「我以前在東京的動物園工作，就連被徵召當兵，也在管理各種動物……動物園真的很奇妙呢，我在東京時，就有很多學者來研究動物行為，有人研究大象的牙齒，有的人研究鱷魚的皮，甚至還有人教黑猩猩手語呢。」

圍觀的孩子們聽得一愣一愣，對於這些奇觀見聞全瞪大眼不可置信，正夫也在一旁好奇聽著，原來這世界上有科學家教黑猩猩手語？那會是怎樣的動作？正夫思索許久，畢竟在台灣可不是每個人都能讀書，甚至有許多文盲，而日本的黑猩猩竟然能讀書學習？他這才發現，果真和多桑說的一樣，有些動物……似乎比人還好命。

不久後，最大台的卡車停好，正夫這才發覺，車斗上的木箱比過往所看過的都巨大，幾個年輕士兵在車斗上解開繩子，不斷忙碌地上下車，將固定大木箱的木板用鐵撬拆下。

他們到底在運什麼動物，竟需要把車子的台架都封鎖起來？正夫還在遲疑，隱約間聽見木箱中傳來陌生聲響，好奇探向前去，卻被飼育員陳大哥攔住，開口便是教訓。

「欸，蕃仔子，不要再前進，你站在馬的後方，可是會被踢飛的！」

「什麼？」正夫還搞不清楚狀況，原來木箱外板被軍人拆開後，隨即牽出一匹毛皮油亮的高壯黑馬，正夫仰頭看，這匹馬竟有兩米高度，比站起的黑熊更高，在這動物園只輸給大象瑪小姐。

「哇，這匹馬好高大啊——」黑馬現身，馬上引來周圍孩子的注目。

「各位大朋友小朋友們，這也是從英軍那邊抓來的馬！」山田少尉微笑看向因為交通載運而暈眩中的黑馬。彷彿暈眩解除之後才回了神，黑馬仰頭嘶嘶鳴叫數聲之後，才被飼育員牽去馬廄。

「英國人在南洋可是徹底的輸給我們，連這些動物也都是我們的了，就連英國的大象都被我們抓獲了，只是運不回來啊，哈哈。」

聽聞軍官熱情的介紹，正夫才知曉，原來這些都是戰場上的軍馬與軍騾，能在普通車輛無法移動的鄉野路徑上運行，能拖行重砲、負重運載協助交通之外，甚至沒食物時逼不得已還能殺來吃，可謂是一物多用。

只是看著這匹駿馬，正夫竟沒有先思索著「美」，而是思索牠巨大的身體當然有巨大的頭骨與腿骨，全身的骨架也必然十分沉重，如果做成標本，真不知道該製作出多巨大的木頭假體，才能支撐這樣龐大的身體啊。

隨著太平洋的戰事發展，動物卻不減反增，讓管理者佐佐木先生也喜上眉梢，不斷走來探看這些「南洋戰場動物」。

處理完黑馬後，幾個士兵跳上另外一台卡車，將大木箱的封釘木板撬開露出縫隙。正夫看見山田少尉與幾個研究人員站在木箱邊討論，便趁機靠近，偷聽研究人員與軍官的話語。

「之前有些同學被徵召去印尼，幫忙抓幾隻健康的紅毛猩猩，說要送回台灣。」

「猩猩？」正夫聽到這傳言後才想到，之前園區內一隻紅毛猩猩已經老死，或許趁機補充新的猩猩？

只見木箱被拆下，一隻紅毛猩猩從木箱中緩緩起身，臉上的毛髮被風吹動；這隻青壯的紅毛猩猩才甦醒不久，起身仰望天際，溫馴地轉頭張望四周，不久後便被帶入鐵籠中關起。

由於紅毛猩猩似乎沉睡許久，意識不清之際，還在這陌生的鐵籠空間四處觸摸打量，直到發現正夫靠近時，紅毛猩猩先是停下不動，眼珠骨碌轉動，隨即瞇眼與正夫四目相交，突然間便抓住鐵欄杆瘋狂大吼。

「嗚——嗚——」紅毛猩猩瘋狂在籠內四處亂叫。正夫馬上嚇得退開幾步，由於他初次遇到失控的紅毛猩猩，這才想著，就算野生動物被訓練過，但關入動物園的鐵籠時肯定無比驚嚇，回到原本的野性。

「畜牲就是畜牲——」飼育員陳大哥快步走來，拿起木棍對鐵籠一陣敲打，每一聲都敲得紅毛猩猩些許退縮；但揮棍的空檔，紅毛猩猩便又馬上張口露出自己的犬齒，對著陳大哥嘶聲喊叫。

看這畜牲竟想反抗，飼育員全走上來，各自拿起木棍敲下鐵籠，一時間噪音四起。

「畜牲——」管理員對紅毛猩猩大吼，面對動物氣勢可不能輸，畢竟關在籠內的動物也不會真的抵抗，只有挨罵挨打的分；只是這紅毛猩猩的吼聲與行為都過於瘋狂，看來實在不正常，飼育員們紛紛討論起。

「會不會是狂犬病啊，怎麼發瘋了？」

「可能餓壞了，為了避免動物暈船而嘔吐噎死，在船上不太給動物吃東西，餓壞了心情就肯定不好。」

「還是不習慣吧，畢竟從叢林被抓來這裡啊，呵呵，人經不起關，動物也不想住鐵籠啊。」

「剛剛聽有個研究員說……這是南洋什麼軍營區附近的紅毛猩猩，比較親人，還會認字什麼的，所以才被抓起來送來台灣……沒想到終究還是野獸啊。」

幾個飼育員憑著打聽的見聞來猜測動物狀態，正夫儘管退開，但再次好奇走近幾步，鐵籠內的紅毛猩猩便再次雙眼瞪大，開口就對正夫大吼，口水不斷噴濺出鐵籠外。正夫自知無法靠近多看一眼，便只能轉身離去，隨即聽見背後傳來木棍齊落，敲打鐵籠的鏗鏘聲響。

黃昏時分，正夫隨意在動物園內走動，看向南洋動物們，這應該要生氣蓬勃，笑聲滿滿的動物園，如今卻讓自己感傷莫名；哥哥輝夫若沒加入軍隊，應該也會和自己在園區內散步，一起到處素描動物吧。

走到紅毛猩猩區，正夫發覺牠已穩定下來，瑟縮在石塊假山的一角發呆。正夫便緩步走到紅毛猩猩的鐵籠前，想到牠也是從南洋而來的「戰利品動物」，因而接連想到輝夫死在南洋……正夫感慨的嘆口氣就要離去，但是低頭便發現，這隻紅毛猩猩竟在籠內以草桿排列起一排文字……オノマミワムャモノノノナヘ……ュロワムャモルナヘナ……ミワム……

正夫愣著，瞇眼看向地上的「字」……這不可能，那只是一些隨意擺放的草桿吧……

本以為只是自己眼花，但正夫定神一看，便看見猩猩以食指與無名指夾著一根根草

桿，繼續在地上排出「字」……ニナヘトスオノナヘトスオノマミ……儘管這些字初看似乎毫無意義，但紅毛猩猩卻又在移動這些字符，彷彿就要組合成句……

正夫瞪大眼，站在鐵籠前彷彿渾身冰凍，不可能，這不可能，他瞇眼又眨眼，再次確定眼前這隻紅毛猩猩真的在地上排字，手指正在將一個個草桿當成筆劃排列起來。

「這……」正夫往前一步，彷彿能從地上的細碎字句中看見什麼意涵之時，飼育員陳大哥便走來正夫身邊，沒想到紅毛猩猩光是聽到其他人的腳步聲，便快速將地上的「草字」拍去，瞬間成為滿地細碎的雜草，看不出任何意義。

「閃一邊去，小蕃人。」

新動物到來後，飼育員便十分忙碌，推著裝滿獨輪車的草桿與飼料忙著替換，要正夫別擋路。正夫趕緊起身，與這隻紅毛猩猩相隔幾步遠後，更沒想到這猩猩的眼神也投向自己；只是紅毛猩猩已不像是下午來到時那樣驚慌，彷彿在對正夫以眼神明說：「我之後再告訴你……」

正夫用力眨了眨眼，試著回復精神，便明白這只是過度投射的錯覺，地上的稻草筆劃只是多想，便趕緊往後退開，再次轉身離去。

回到家後，高山一君正沉默地煮飯，將番薯飯和簡單的番薯葉菜端上桌。

「多桑……動物有可能會讀書寫字嗎？」

正夫看著番薯葉的菜梗，在白色瓷盤一角散落，彷彿組合成為日文片假名的筆劃，忍不住便想起那隻新來的紅毛猩猩。只是高山一君緩緩把白飯扒入嘴中，在盤中夾菜便破壞番薯菜梗筆跡，不假思索說起。

「受過訓練的動物有可能會認字，但也認不了多少字，只有人類能讀書寫字……」

正夫認真思索，咀嚼米飯，又好奇問起多桑。

「多桑……那……人有可能會變成動物嗎？」

正夫的問句聽來如此天真，高山一君卻愣看正夫許久，隨即眼眶泛紅。

「正夫……你發瘋了嗎……」

一個兒子參戰死去，另一個孩子問些不著邊際的問題……高山一君擔憂地看著正夫，雙眼淚水滑落手上的飯碗中。

情緒常常崩潰的多桑沒讓正夫多想什麼，反倒是那隻猩猩排出的「字」，讓他深夜中也難以入眠，隔天便再去鐵籠前觀察，只是每當正夫靠近柵欄邊，地上的草桿又排列成無意義的片假名——オノマミヨユュロワムャモルフハテタスシ，正夫再次確定，這猩猩分明會「寫字」，儘管只是簡單的草桿筆劃，但任何人都能判斷這肯定是「字」……

然而這猩猩卻又總在管理員靠近時，把地上的草桿弄亂，彷彿不想被人發現這祕密……

正夫想觀察更多，終於等到遊客特別少的午後，特意來到鐵籠邊停駐，趁四周無人時靠近，拿起香蕉、番薯與蒸好的花生，吸引紅毛猩猩走向前來，往籠內丟入香蕉。

「你也是從南洋來的……」紅毛猩猩撿起香蕉後便剝皮吃起，沒兩口就吃盡。看著紅毛猩猩情緒穩定，緩緩靠近正夫想討更多食物，正夫深吸口氣後，與紅毛猩猩眼神交集後問起。

「你……認識輝夫嗎？」

正夫呢喃問出口後，紅毛猩猩轉頭離去，回到自己所待的假山石頭邊，正夫隨即因自己問出的蠢問題而苦笑。只是紅毛猩猩探看四周，確認飼育員不在周圍，便抓著一把新鋪的稻草走回鐵欄杆前，在正夫眼前的地面排列，將草桿左調右移，往上擺放又往下調整，沒多久便排列出三字……

「テ……ル……オ……」

看到這三字，正夫驚訝張大口，怎麼也不敢置信。

「輝……夫……」

テルオ，讀音「貼魯歐」，這三字，就是輝夫日文發音的片假名啊——正夫看傻了眼，全身竄起雞皮疙瘩，就連牙齒都無法抑制地打顫……

紅毛猩猩的眼神彷彿與自己還有話要說……只見猩猩右手比著自己，左手比著地上的草桿字。

「テ……ル……オ……」

正夫怔著，不可能，不可能，這絕對不可能，一陣強烈的暈眩感從頭顱中凶猛冒起，頓時天旋地轉。他依然不可置信，人是不可能變成猩猩的，人怎麼可能會變成猩猩……

但這隻猩猩伸手拿起正夫給的番薯吃一口之後，又拿起一旁的花生，隨即拋起用嘴接起……

拋接食物……這正是輝夫在家的時候常常做的事……

正夫依然不可置信，只是柵欄內這隻猩猩低頭將草桿揮開，又重新排列了一次テルオ……不可能，絕對不可能，人就是人，怎麼可能變成猩猩？這一切都只是自己白日夢，全都是胡思亂想，不可能——不可能！

正夫往後退，腳步顫抖著轉身走去，不敢再回看一眼……畢竟自己親愛的哥哥怎麼可能變成一隻野獸……

黃昏之際將眾人照出長影，正夫渾身發顫喘息不已，只不過走了幾步遠，卻又忍不住回想起輝夫的同袍深田君……深田君那欲言又止的神情，究竟有什麼祕密不能說出口，輝夫到底發生什麼事？戰場之事就算是機密，但人不是都陣亡了，為什麼還不能說？

難道……真是如此，是個說出來也不會有人相信的祕密？

而這祕密竟是，輝夫……已轉生成一隻猩猩？

正夫心有不安，回到家後，內心依然翻騰不已，想和多桑說起這祕密，卻又覺得實在太荒唐，多桑肯定不會相信，反而會責罵自己……人怎麼可能會變成猩猩，任誰都不可能相信，但正夫心底仍止不住疑慮，入夜到四周暗色之際，他輾轉難眠，望著小窗外的月光，便又從床上爬起身，偷偷潛伏出門，來到紅毛猩猩鐵籠前。

此刻，滿月的晶瑩月光照映著個頭瘦小的正夫。

正夫來到鐵籠之前。這隻紅毛猩猩也從遮蔽的篷架下方醒來，緩緩走到鐵籠邊，再次用地上的草桿排出這三字……テルオ。

輝夫，這真是輝夫的片假名，連續數次就不是偶爾排出的機率問題——令正夫更加驚訝的是，這次猩猩除了排出「輝夫」，又陸續排出其他的字……

「船……」

「死……」

「噁……」

「餓……」

「想……」

「多桑……」

正夫看到地上的草桿文字排列出現，隨即又被紅毛猩猩拍亂後組合，他雙手緊抓欄杆顫抖，對著猩猩喚出那個自己思念已久的名字。

「輝夫……」

正夫心底不斷吶喊，淚水一滴滴止不住湧出眼眶，夜的靜謐讓淚水落地的聲響彷彿都能聽得見。儘管紅毛猩猩的鐵籠被刻意用石頭隔出一個隔離區，用以拉開距離保護遊客，但這隻猩猩竟試圖將手伸到鐵籠之外，想要觸碰正夫……

正夫一看，也緩緩在隔開觀眾的石頭之前用力伸手，終於與紅毛猩猩的指掌觸碰……洶湧的淚水覆蓋正夫的視線，也讓紅毛猩猩那張欲哭的臉龐變得模糊……

第十二章 無人知曉的祕密

對正夫來說，輝夫的出征之旅，何時搭船，又是何時離開，投入何種部隊，執行什麼任務，全都是個隱晦的謎團……正夫從輝夫的同袍深田達男那邊僅能知曉，自從在森林撤退失敗，被美軍轟炸後，輝夫身邊隊員肯定非死即傷，存活下來的每個人都疲憊不堪，但輝夫儘管腳步緩慢，仍試圖揹著受傷的同袍前進。

藤本少尉從前方渾身汗溼走來，不斷察看手錶與仰望樹冠之上的陰暗天色，對著緩慢前進的隊伍喝斥。

「走快點，想死嗎——快啊——」藤本少尉高舉自己的手槍，指揮眾人加快腳步。

當藤本少尉看到輝夫與深田達男揹負重傷的隊友，迎面便是大吼。「把他們放下——」

眼見輝夫沒有要放下重傷同袍，藤本少尉面露不耐，繼續催促著。

「我再說一次，把他們放下——不要帶他們走——全部放下——」

輝夫喘息間停下腳步，轉身回應。

「長官，他們是我的隊友……他們還活著，我體力還可以的——」

藤本少尉迎面大吼。

「他們就快死了，會拖延我們的進度，你快去揹其他東西——」

一旁的同袍們全身汗溼，有些人體力早已透支，渾身力竭而顫抖看著藤本少尉和輝夫間的爭執。

「報告長官，我揹得動他，我們都沒掉隊，一定來得及——」輝夫如此喊著，便又繼續往前進。

眼看情況僵持，幾個戰友陸續走上前，幫忙分配起輝夫身上的些許重物，讓輝夫能空出雙手，繼續揹負傷的同袍前進。藤本少尉一看便更是惱火。

「高山輝夫，這是命令，如果沒趕到西邊的港口，船就會開走——」

輝夫仍不想理會，咬牙扛起同袍依然快步前進。藤本少尉在後方更加憤怒地喊出。

「輝夫，把他放下來——」藤本少尉口氣愈來愈嚴肅。「這裡是前線，你必須服從命令！」

輝夫雙腳踩入泥漿之中，低頭咬牙回應。

「他是我的戰友……我們從台灣怎麼來，就怎麼回去……」

藤本少尉握緊手槍，隨即用槍口頂著深田揹負的受傷同袍頭顱，二話不說扣下板機，突然的槍響讓行軍的眾人嚇得愣住。近距離的槍聲也讓深田驚嚇到放開手，被處決的同袍便落在地上。

「你不用揹他了……快點去幫其他人揹軍用品，我們得趕路——」

藤本少尉隨即對著四周重傷人員開槍。看到揹負的同袍一一被槍擊而亡，輝夫忍不住大吼。

「長官……我們明明可以帶他們走……」

眼看輝夫繼續不服從命令，藤本少尉索性走向前來，將手槍瞄準輝夫的眉心。

「高山輝夫——前線違抗軍令者要處死刑，你知道吧——快放下這個人，我們不能帶他走！」

儘管被槍口抵住眉心，輝夫並未畏懼，繼續揹著同袍轉過身，邁開腳步往前，眾人也準備繼續跟著走。沒有人能想到，藤本少尉再度扣下扳機，槍口火花四起的一瞬間，巨大的火藥擊發聲響瞬間灌入輝夫耳際，一股劇烈力量撞擊大腦後方，扭轉大腦的意識開關，不到半秒內便讓輝夫失力而倒下。

直到被開槍的這一瞬間，輝夫仍從未思索過自己會以這種方法死去，即將步入二十歲這年的最後回憶，是被處決後瞬間失力往前跪趴在地，肩上的同袍也跟著落地。

「前線違抗指揮官軍令者，一率處死——」

藤本少尉高聲呼喊出，手中的槍口還冒著硝煙，隨即踢輝夫一腳，讓輝夫翻躺回正面朝天。

「部隊前進——拋下不需要的物品，前進——」

輝夫並未完全失去意識，由於躺在地上，隱約看見鳥影飛過葉隙，叢林雖幽暗，但樹冠上方十分明亮，燠熱的雨林潮溼黏膩，輝夫的身軀混和著泥巴、雨水、汗水與血液，就這樣與大地合而為一……

同袍們儘管憤恨地咬牙切齒，卻也無法多說什麼，前線士兵的確沒有抵抗命令的可能。

「全速前進——前進——」藤本少尉繼續喊，低頭拾起輝夫身邊的步槍，領著隊伍前行。

此刻深田達男咬牙切齒，真想抓起地上的步槍，回身就把藤本少尉給打死。但眾人明白情勢至此也無力爭辯，只能憤恨回看一眼地上的數個同袍屍體，繼續扛起物品步行離去。

藤蔓上的水珠滴落，滑過輝夫曾被槍口比著的眉心壓痕，他的髮梢隨風吹動，落葉沙沙飄上一動也不動的胸口。輝夫最後的意識，是一行軍人們的步伐跨過自己的身軀，眾人愈行愈遠，直到被林葉遮蔽而失去蹤影，只留靜默的風聲。

森林小徑的地上，被拋棄的數個同袍屍體散落在草葉之上，蒼蠅正在血漬上飛舞，在傷疤上搓手，傷口已被各種蟲子咬食或產卵，沒多久肉身將會完整腐爛，一個個碎落的白骨都將被林間吞噬，骨髓被寄生，被細菌代謝，從此化為森林中循環的養分……

細密雨絲落下，十多分鐘過去後，茂密的樹叢中傳來窸窣震動，緩緩走出一隊膚色黝黑的印尼島嶼原住民。每個原住民不分男女都赤裸上身，揹負裝滿果物的籐籃，以草葉遮蔽下體，持長矛的手臂上有些許刺青。

「可以前進了……他們都走了，這裡沒有外面來的人……」帶頭的男子探視前方後，引領隊伍一列十數人靜聲路過，只有腳步與竹木拐杖落地的窸窣聲，伴隨蟲鳴而緩慢前進，以免被行軍而過的日軍發現影蹤。

過去這段時間，由於天空中常飛過眾多的飛行器，遠方也總是傳來爆炸聲，讓野生動物的生育失去規律；加上種滿樹薯的田地被日軍挖出壕溝，適合捕魚的海灘被當作碼頭，就連家屋也被日軍拆毀……當地的島嶼原住民只能盡快逃入更隱密的森林中，以免被戰爭波及。

「這群人為什麼要走叢林的路？」長老看著沿路雜亂的腳步，小心翼翼查看路邊許多被遺棄的物品、空罐頭和堅硬的彈匣。

「嘿，這裡有五個人——」最前頭的青年喊出聲，整個隊伍便停下來。最後方的長老快步走來，低身查看輝夫與身邊的幾個屍體，不免搖頭嘆息。

「這些外面來的人……原來連自己人都殺嗎？」

「外來的人有那根會冒出雷聲的槍，只希望他們不要再傷害我們……」另一位長者也嘆口氣，深怕四周又出現持槍的日本士兵。

幾個長老窸窣討論，便蹲下翻動屍身，儘管地上的屍體都穿著日軍制服，但其中輝夫的臉龐更像是當地的原住民；這張親切的臉龐，更讓巫醫一看便不斷感慨地念禱，期盼死亡的邪靈不要降下給部落。

「爺爺，他好像還活著——」孩子粗黑的指節撫過輝夫的臉頰，發覺輝夫僅存最後一絲的氣息，卻只是大腦的最後反射。

「唉，真是太可憐了，還活著就被拋棄……」眼看輝夫身軀還有淺淺起伏，巫醫喃喃念禱後，便抽出腰間的刀。

「讓我……來為這個可憐的孩子送行吧……」

巫醫跪下念禱驅邪之後，將樹葉沾附水珠灑在輝夫臉頰上，隨後緩緩將刀尖下壓，刺入輝夫的心臟，結束他已無可治癒的苦痛。輝夫也因為神經反射，而突然瞪大眼看向前方，身體抖動些許，隨後進入永恆與平靜。

「終於能回到……森林了啊……」巫醫喃喃對著輝夫祝福。「永遠成為這裡的靈魂吧……屬於森林的就是森林的，就算成為腐爛的身體，也是森林的一部分……」

巫醫的手撫過輝夫臉龐，將輝夫睜大的眼皮給闔上。

就在念禱後不久，島嶼原住民們悉數離去，僅留下些許踩踏腳印，成為曾經到來的證明，森林間隨即下起一陣傾盆大雨，滴滴答答落在輝夫的臉上；儘管輝夫已死，但落在眼眶上的雨滴就像淚珠一般滑出，滴滴落在土壤中，被吸收無形……

只是對輝夫來說，中槍後一陣混沌的光影閃過眼前，一切感受都像飄浮在雲朵中似的，四周都是散落的光線，像是自己爬上高山後氧氣稀薄，像潛入水中閉氣許久後瀰漫的幻覺……儘管不好呼吸，但這感覺並不難受，整個人的視線像是彩虹般在四周漂移。漂浮的視線繼續向前，一陣宛如穿過葉隙的太陽光從四處降下，隨後又彷彿潛入湛藍的海水中漂浮，輝夫感覺自己像一陣煙，又或是一陣午後的水氣，一道飛過山頭的霧嵐……突然間，輝夫耳際傳來強烈的風聲嘯叫，像小時候颱風天躲在屋中，以雙手覆蓋耳朵，些許的耳鳴穿過四周。

一切感受都彷彿夢境斑斕，但輝夫知曉儘管這是夢，卻又感覺如真，一陣溫暖感受，彷彿自己被春天的風吹撫臉頰，舒服地讓人閉上雙眼不想睜開……

恍惚間，當輝夫意識緩緩甦醒之時，他先眨眨眼睛，感覺到身體強烈的痠痛，只是睜開眼睛些許，便又隨即想閉上，全身像是經過一場殘酷的體能訓練後，肌肉痠疼到抬不起手掌腳腿，手腳都疲憊的不再屬於自己似的，必須重新學習運用四肢……儘管如此，輝夫還是緩緩地伸出手掌，試圖探索四周的一切，他瞇起眼吃力地往外看，發覺樹冠上透下的光影中，一隻天堂鳥正從天空飛過……輝夫猶記得製作過天堂鳥的標本，先掏空鳥屍的內臟，將精美羽毛刷洗整齊……只是眼前這天堂鳥的頭冠長羽逆著日光，彷彿寶石一般晶瑩剔透，突然讓輝夫看得目不轉睛，才發現原來這是活物。

輝夫低頭，這才發覺自己的手掌竟如此瘦小……這怎麼可能，記憶中的自己，原本的手掌寬大有力，可以直接握住步槍的手柄……但一陣昏沉感覺突然來襲，儘管視線四處探尋，虛弱的手掌無法觸摸四處，輝夫想掙扎，卻突然感覺到一陣暖流，來自於身後的懷抱……輝夫轉身，發現一雙母猩猩的大眼睛正溫柔看向自己，眼神如寶石般剔透之外，輝夫從母猩猩瞳孔反射中發現自己身影，那是一個毛髮稀疏且身軀弱小的猩猩……輝夫還沒來得及搞清楚這一切，來自母猩猩的懷抱實在太溫暖，便讓輝夫半瞇起眼，彷彿催眠般……意識又緩緩深陷入一片黑暗……

第十三章　猩猩輝夫

意識迷茫間，輝夫無法多加思索，彷彿自己存在，卻也彷彿不存在，不知道時間過去多久，或許是數天、數週，也或許是數年……輝夫更不知道現在身在何處，只知道正在漂浮。而當輝夫終於再次睜開眼睛時，感覺身軀有氣無力，攀在一個猩猩母親的懷中，周圍的陽光如此耀眼。輝夫這才發現，他終於有力量能攀下母猩猩的身軀，再沿著樹幹枝椏攀下大樹。

初次離開猩猩母親的身邊，重新支配自己的身體，輝夫來到平地上，走到溪水邊時，不經意間發現自己的倒影——輝夫怔住，不斷觸摸自己的眼耳口鼻，毛髮牙齒，與身軀上的紅色毛髮。自己明明是個人類啊，怎麼可能會成為一隻紅毛猩猩，不可能，不可能——

「我不是猩猩——我不是猩猩——」猩猩輝夫仰身大喊，在森林內激起一陣飛鳥拍翅，自己明明就是個人類，怎麼可能會是猩猩——不可能——輝夫儘管怒吼，但是身為猩猩，喊出口的只是「嗚嗚」叫聲，直到強壯的母猩猩從樹上輕鬆攀下，慈愛地將輝夫擁入懷中。

「不要抱我——妳不是我的母親——放我下來——」

輝夫又大吼，儘管不斷掙扎吶喊，卻都化為呀呀咿咿聲響，讓猩猩母親聽得好心疼，只能擁抱得更緊。猩猩母親的臂膀彷彿有魔力，輝夫被喚起幼兒時期被母親懷抱的放鬆感，便又睡意襲來，緩緩閉上了雙眼——

「我不是猩猩……我不是猩猩……」往後的日子，輝夫看著叢林萬物喃喃自問自答，到底為什麼……自己會變成一隻猩猩……依稀記得手槍頂上自己的頭顱，那是人生最後的記憶……自己對戰爭完整投入，無畏無懼，宛如猛獸，為什麼這一瞬間成為猩猩——

我是人，我是人類，是人類呀……

我是懷有巨大夢想，想要改變族人身分與目光的人類啊……

輝夫儘管憤慨，但每次的憤慨之後都帶來強大的疲累，隨即靠著母親睡去，直到再次醒來時，體型已長得更大的輝夫眨了眨眼，探向陌生的四周叢林，燠熱的太平洋島嶼偶爾吹入鹹膩海風，輝夫永遠記得這個氣息，在印尼海島的基地駐紮時，四周就是這個氣味。

當輝夫再次注意到四周時，他已並非懷中的小猩猩，而是一隻能攀附林木快速移動的中型猩猩了。身為猩猩，輝夫的肚子極度飢餓，餓得口乾舌燥，餓得不斷喘息，他四處轉身，直覺地伸手抓住草葉上擺盪的蝗蟲，隨即送入口中咀嚼，舌尖上瀰漫一股昆蟲肉味的鮮甜。

飢餓感強烈地襲上，輝夫真的好餓，什麼都想吞下肚子，嫩葉或芒草芯，薯根或是捲曲的蕨葉，飢餓驅動著雙手，只要碰到食物，輝夫便全都能塞入嘴中咀嚼。

突然前方響起嗡響，輝夫接著伸手抓住一隻飛過眼前的金龜子，任其在手中掙扎後折斷六隻腳，便直接將金龜子拋在口中咀嚼，或許是彌補些許飢餓後，輝夫望向四周森林的光隙，內心突然生出從未有過的滿足。

森林中的繁盛萬物帶來飽足，這是過去服役時從未有過的感受，輝夫依稀記得，過去數月在叢林間持續訓練，內心儘管想要奉獻國家，卻連睡好一覺都不曾有過；但是當自己身為一隻猩猩時，光是填飽肚子便感到十足愉悅，更何況猩猩母親拉住輝夫來到一棵木瓜樹邊，摘下果型雖小但已鮮黃的木瓜，隨即用手折開，讓猩猩輝夫一口一口咀嚼。

輝夫以手指抓去木瓜種籽後，再大口吃著果肉，但輝夫隨即愣住，木瓜怎麼會是這個香氣，難以言喻的濃郁氣味讓他迷戀，莫非舌頭產生什麼錯覺……輝夫站立在森林中，突然又生出一陣迷惘，彷彿自己此刻已是動物的意識，和先前的人類意識反覆爭奪控制權……

還想思索些什麼，但飢餓感再度襲來，由於輝夫生長得非常快速，飢餓感暫時覆蓋身為人類的意識，只能先任由飢餓驅動他大量地吃，晴天吃，雨天吃，起霧的時候易於狩獵，便更大量地吃，抓住蜥蜴掉落的尾巴咀嚼，拿出鳥巢中的卵，捏破後吸取蛋黃與蛋白。輝夫彷彿要吃遍一整座森林似的，身體愈來愈強壯，已超過同歲的猩猩太多，而身為猩猩的意識，早已覆蓋身而為人的回憶……

至此，輝夫終於完全化身成野獸，不斷奔跑在山林之中，只要發覺什麼能吃之物，便全部以手抓取，吞入口中咀嚼。那些鼠洞中的老鼠，已被猩猩輝夫拿木棍刺入洞穴驅趕，又以木棒敲下頭顱，輕鬆將鼠身撕裂，放入口中咀嚼……輝夫尋找腐爛的倒地枯木，翻動之後以尖細竹枝插入樹洞，刺出肥美的雞母蟲，一口咬下冒出甜美的肉汁。

不管是果實、嫩葉或動物，只要雙手能抓取的，全被猩猩輝夫吞下肚子裡，一點殘屑都不剩下。

直到這一日，猩猩輝夫正在森林中覓食，突然間身邊樹叢草葉窸窣，一個人影正在靠近。輝夫感覺到危險，馬上攀到樹枝上，從高處看向地面，原來是一位年輕日本軍人持著槍緩緩走在樹下——儘管這士兵只是在巡邏時走入森林幾步遠，想要順手摘取路邊的野生蓮霧，卻讓猩猩輝夫早已埋藏深處的記憶湧上，回想起被手槍射擊頭部的過去，硝煙氣味瞬間竄過鼻尖，猩猩輝夫突然崩潰大叫。

「嗚——」猩猩輝夫因頭顱湧出的痛楚而怒吼，成為森林內的詭異迴聲，彷彿邪靈就要從陰暗之處湧出。這位年輕的日本軍人聽到吼聲，以為遇見美軍突襲，嚇得轉身躲避在草叢中，隨後抓著槍便狼狽地跑回駐點去。

只是對輝夫來說，眼前這人……是人類啊——原來這叢林中還有人類嗎——猩猩輝夫儘管困惑又氣憤，卻繼續在林木之間攀爬與跳躍，試著追上這個跑出森林的士兵，這才發現森林的邊際之外，竟有一大隊的日本軍人正在構工，興建一個龐大的營地。

猩猩輝夫一看到營區便無比心悸，小心翼翼地攀向森林樹叢，從高處看向正在開闢叢林的士兵，每個人都拿起圓鍬與十字鎬挖掘地面，製作壕溝與地堡，以椰子樹枝當梁柱蓋起營舍，拉鐵絲網圍住營區充當圍籬界線……

對猩猩輝夫來說，眼前一切都太不可思議，不就是之前自己去當兵的每一日……只是明知是讓自己痛苦的回憶，卻不知怎麼，內心依然湧起衝動想往前去探尋，但猩猩輝夫自知不能一下子靠太近，便又攀上營區附近的楠木探看。

此時一位戴眼鏡的瘦弱士兵走來樹下，對著樹幹尿尿；由於輝夫在樹叢上，樹幹不正常地搖晃，士兵便在不經意間抬頭，與樹上的猩猩輝夫四目相交。

「呀——」士兵驚嚇尖叫，退縮幾步，一不小心還踉蹌倒地，尿得滿褲子。

奇特的是，當士兵確定樹上的紅毛猩猩沒有敵意後，卻從驚慌轉而展露出笑容，對著猩猩輝夫親切地揮手。

「嘿——猩猩——」

眼鏡士兵好奇且友善地走向前，半蹲著身體降低敵意，從口袋內拿出一小段芭蕉丟在地上。

「嘿，猩猩，你來吃啊……」

這位日本士兵身材單薄，一點都不像強壯寬厚的高砂義勇軍……猩猩輝夫先是愣著不敢往下爬去，但看著地上的芭蕉便突然感到飢餓，飢餓感驅動身體，猩猩輝夫不由得緩緩爬下樹，左右探看，確定這士兵沒有敵意，便慢慢伸出手指拿起芭蕉，嗅聞幾下後，隨即剝皮，將果肉放入口中咀嚼……

猩猩輝夫仰頭，眼鏡士兵並無敵意，不但對著自己微笑，槍也放在一旁地上。

「好吃吧，這一串芭蕉都不太酸呢，我放在身上等它熟透。」

眼鏡士兵語氣溫和，蹲下緩緩靠近；這猩猩儘管是野生生物，卻不懼怕人類，仔細看向猩猩踩向地面的右腳會下意識抽回，原來是腳掌踩到荊棘。

「你這隻猩猩還真奇特啊……很多野生猩猩都怕人，只有你不怕。」

士兵小心翼翼向前，低身伸出手翻動猩猩輝夫的腳，確認腳底板的傷處之後，卻又嘆了口氣。

「傻蛋啊，除了我之外，你不要太靠近人類啊，人類可不是什麼好東西……我幫你擦藥，可以吧？」

士兵從軍衣口袋內拿出一小罐碘酒，先拔掉猩猩輝夫腳上的尖刺後，便直接將碘酒倒在傷口處；這痛楚讓猩猩輝夫收起腳，張口露出牙齒表示威嚇。士兵倒是忍不住笑出了聲。

「不擦藥要痛更久的，到時候發炎怎麼辦……猩猩啊，我要回部隊了。你快點回森林去吧，千萬不要靠近人類啊。」

猩猩輝夫想往前跟去，這位士兵卻回頭對自己大喊，還拿起地上石頭作勢驅趕。

「被其他人看見，你可是會被宰去吃的，千萬不要靠近軍隊！」

士兵離去，猩猩輝夫爬回樹上看著士兵背影，自從化身為猩猩之後，第一次與人類如此親密的接觸，這感覺十分奇特，為什麼自己會化身成為渾身毛髮的猩猩；看著眼鏡士兵的背影，輝夫內心又漫起難言的心酸……

這些日子，猩猩輝夫常常回到營區附近，等待能與人類有更多接觸。直到這日，先前戴眼鏡的年輕士兵和另外兩個同袍一起到來，在森林邊際四處打探，很快便發現了猩猩輝夫。

眼鏡士兵吹了一聲口哨，從上衣口袋拿出一段短短的青黃芭蕉，對著猩猩輝夫揮手。

「嘿——猩猩你好嗎？」

猩猩輝夫先打探四周，判斷這三人都沒惡意後，才從樹上攀下，緩緩靠近三人面前，來到這士兵身邊撿起地上的芭蕉，剝皮吃起。

原來戴眼鏡的瘦小士兵名為渡邊弘之，職位是最低階的二兵。渡邊不斷打量著輝夫，直到身邊的同袍也好奇問起。

「渡邊，你在東大的時候，不就在研究紅毛猩猩嗎？這猩猩有什麼不一樣？」

渡邊聽著同袍提問，便再拿出一小塊芭蕉遞給猩猩輝夫。

「野生猩猩不一定會對人產生敵意，可說是大自然中少見的友善動物了，但還是得小心，畢竟是野生動物。」

渡邊說完，竟伸出手來安撫著猩猩輝夫的頭，緩緩摩娑。

「但很奇妙，只要有大腦的生物，都能感覺到愛與友善……」

猩猩輝夫吃完芭蕉，起身看著三個年輕的日軍士兵，面貌都十分文弱也友善，便感到無比放鬆。

「我以前在實驗室，我教過黑猩猩和紅毛猩猩使用各種器材，你們知道嗎，猩猩是少數會使用器材的生物，很多實驗都是從教小猩猩做事，我以前在實驗室照顧過好幾隻啊……」

渡邊撫摸著輝夫的毛髮，一邊思索一邊嘆息。

「印尼這邊都傳說紅毛猩猩是人變的，只是故意不說話……不然要是說話了，可是會被抓去工作呢，呵呵，我也覺得很有道理。」

渡邊說著，與兩位同袍彼此面面相覷，忍不住感慨搖頭。

「唉，真想回大學去啊……要不是戰爭……我一定……」

還在讀大學的渡邊君被徵召成軍人，猩猩輝夫聽著，也不免回想起未盡的大學之夢。這三人對自己沒惡意，甚至會和猩猩輝夫玩耍，拋球給猩猩輝夫來回撿。渡邊君隨即用草葉排出自己名字的片假名「ワタナベ」給猩猩輝夫看。

「我叫渡邊……渡邊……」

在渡邊的教學下，猩猩輝夫很快就排列出五十音的日文字符，不免讓渡邊二兵欣喜不已；不管問答什麼日文，猩猩輝夫都能快速用草葉拼出來。

「芭蕉」

「餓」

「怕」

「睡眠」

「吃」

「回家」

「我」

「你」

「他」

猩猩輝夫跟著渡邊一起排字，腦中也竄出許多「字」，只是發現腦海中對「字」的記憶一直在消滅，明明是知道那些「字」的啊，卻怎麼都想不起來怎麼寫，看來自己的大腦正在往猩猩這邊傾斜，不再是個真正的人類……猩猩輝夫愈拼字愈是驚慌，一張臉慌張皺起，回想自己的來處，來自……

「台」

「哈」

有個記憶中的國名，但……到底是哪裡？猩猩輝夫知道並不是這個字音，只能努力回想，是台……台……是台灣，猩猩輝夫驚訝地將草桿調整到正確的形狀……

「萬」

看到地上有猩猩排列出「タイワン」之字，渡邊愣住，忐忑地問起猩猩。

「這是寫……台……灣……嗎？」

只是猩猩輝夫看著地上的「字」，不免透露緊張，趕緊將草字給撥開才安心。

渡邊看著地上散開的草桿，與在場的同袍面面相覷，只能猜測這隻猩猩這麼親人，可能也曾經從其他人那邊學過「字」吧，畢竟靈長類就是有這樣聰明的智商，或許遠古人類尚未演化成智人之前，也曾經歷如此的外表型態吧。

「這麼聰明的猩猩，真想帶回去好好研究啊。」渡邊興奮喊著。「你們相信嗎，我之前教過的猩猩，都沒有像牠一樣聰明啊……」

另外兩個同袍也苦笑起，紛紛說起過往在大學之事，原來這三人都是東大的理科生。個頭最小的小早川二兵從事鼠類研究，較為壯碩的野田二兵從事鳥類研究。至於渡邊則專長於靈長類研究；渡邊會想教猩猩輝夫認識日文字母，也是在如此枯燥的戰地，緬懷起過往校園的平靜生活。

說來也殘酷，太平洋戰爭白熱化之後，政府刻意保留理科生來投入軍事武器研究，但是像渡邊這樣的動物研究者，由於所學尚未能延伸到軍武用途，研究室內的男同學們大多像渡邊一樣，再怎麼不甘願，還是來到了戰場。

突然間，天空遠方竄出飛機的引擎聲響，已身為猩猩的輝夫聽力較佳，一聽見這飛機噪音便縮身躲藏在樹叢之後。身邊的三名日軍士兵先是不明所以，過了數秒才聽見聲響，也趕緊跟著躲入樹叢下。畢竟若是遇到美軍戰鬥機對地攻擊，人類的身軀可是會瞬間骨肉分離，散成一地碎肉……

「別擔心，這是我們的飛機啊。」渡邊君探頭看了天空，是機身邊有日之丸國旗的運輸機。

猩猩輝夫仰頭從樹隙中看著飛機凌空飛過，引擎噪聲讓牠忍不住回想起那一夜的突襲，腦中突然竄出一片濃郁的黑夜，島嶼之中的海潮聲響填滿耳際，自己在地上匍匐前進，丟出許多顆手榴彈……更多回憶突然洶湧而出，美軍士兵哭號的聲音，拿著腰刀劃過對方肉身的質感，血液湧出對方的咽喉……戰鬥機突襲基地引發的爆炸火光……輝夫在黑暗中，不斷與前方的士兵黑影搏鬥……

至此，猩猩輝夫的大腦再也承載不了如此複雜的情緒壓力，遂仰身朝天空嚎啕；但他突然醒覺，他多想告訴眼前的渡邊等人，自己是個人類，並非猩猩啊——

渡邊君微笑著靠近猩猩輝夫，看著這猩猩竟因為飛機引擎聲而落下淚水，猜想牠曾經被虐待過，才會對噪音如此恐懼，便伸出雙手觸摸著輝夫的頭與背，像安慰孩子般不斷拍撫，也彷彿是對自己說起。

「別擔心了，孩子……沒事的……沒事的……」

「沒事的……戰爭都會過去的，苦難也會過去的……」

「沒事的……沒事的……」

第十四章 捕抓

渡邊君常常前來陪伴猩猩輝夫，每次回去營區時，都特別與猩猩輝夫交代，比著附近的營區。

「千萬不要靠近營區，人類可不是什麼好東西……」

經過兩個月的相處後，猩猩輝夫已從渡邊身上學會拼出許多的字，只是有一天過去後，渡邊君從此不再出現。那天，猩猩輝夫忍不住好奇，在營區邊際的森林中，爬上橡木樹的最高處，低頭探向營區的小操場，許多軍人正在出操，起立、立正、趴下，然而眾人之中，並不見過往熟悉的渡邊君。

數天後，之前曾出現過的士兵三人中，個頭最小的小早川二兵與野田二兵哭喪著臉走來，反覆呢喃喊著：「渡邊……渡邊……」

猩猩輝夫這才知曉，原來渡邊君撐不住上級長官的訓練要求，在夏日中午不斷反覆操練，直到中暑後休克死亡。軍人身在前線戰地，死亡只是每日都會發生之事，小早川和野田兩人不敢表態，只有在這休憩時刻才敢吐露心聲，淚水在兩人臉頰上不斷滑下，像夏日午後的叢林陣雨，一陣又一陣不停息。

然而猩猩輝夫已因為靠近人類而失去戒心，不斷接近營區。這一日清晨，天光將亮之時，猩猩輝夫因追逐老鼠而來到軍營邊好奇探看，不經意間，從鐵絲網的破損處走入軍營中。

「是誰——快站住——我要開槍了——」

一名日軍二兵看到猩猩輝夫闖入，清晨間視線不清，還以為是美軍或印尼游擊隊入侵，趕緊舉起步槍瞄準，要開槍之際，細看才發現竟是一隻紅毛猩猩。猩猩輝夫聽見喊聲，又見槍口對著自己，隨即轉身就從鐵絲的縫隙逃去。

這起事件引發不小的騷動，眾人議論紛紛。

「好久沒吃肉了，把這畜牲殺來吃！」幾個士兵饑餓難耐，索性將步槍上膛，跑步來到營區外，舉起槍搜尋著紅毛猩猩，想讓晚上加菜。

每個士兵的槍枝覘孔都在瞄準樹梢，卻沒料到一名日軍上尉駕車前往營區巡查，看到軍營裡許多士兵快步跑入圍牆外的森林中，還以為遇到游擊隊，便抓著步槍跳車，低身掩蔽在樹幹後方，直到此時上尉問起士兵，才知曉有紅毛猩猩闖入營區。

「等等，不能開槍——停下來——」上尉意會過來，看向林葉間逃亡的猩猩輝夫身影後，馬上大喊後又吹哨。

「不要開槍——停下來——沒耳朵嗎，混帳——」

被怒斥的士兵們聽見長官呼喊命令，只得放下三八式步槍，紛紛立正站好不動，臉上滿是困惑；畢竟士兵們在印尼駐紮，早已習慣在森林中打獵，若是巡邏時遇到山豬、山雞或其他大型動物，也會獵殺回來給軍人們食用，這是早已被默許的前線行為。

「上級有交代，我們要送一些動物回台灣，這任務沒下達到這邊嗎？還是你們這些士兵耳朵長繭了？」

士兵們沒人敢回答，只能低頭接受下達的任務，只因戰地的政務繁複龐雜，「抓野生動物回台灣」是個看似重要的政治宣傳命令，但下到基層後，又顯得毫無執行的理由。

「現在開始抓這隻猩猩，我們要運回台灣去！」上尉再次交代任務，士兵們便開始準備，只見猩猩輝夫逃進叢林中，本以為逃出生天，卻沒想到才休息些許，便聽見四周傳來日本軍人以木棍與鋼盔敲打的聲響，一邊大聲呼喊。

「別跑啊——畜牲——」

「出來啊——混帳東西——」

「再不出來，看我斃了你——」

猩猩輝夫聽著士兵呼喊而愣著起身，不禁想起當時自己被美軍游擊隊追殺時，落下的火炮炸倒大樹，滿滿的樹叢碎片像子彈般射散四周。猩猩輝夫不斷攀樹又跳落地面，多次受到驚嚇而逃開，突然間迎面出現一位孔武有力的日本軍人，手拿棍棒朝自己揮下，猩猩輝夫一緊張便跳向一旁草叢，鑽入一棵巨大的倒木之下。

猩猩輝夫喘息顫抖，已將身體壓進樹幹縫隙中不敢動彈，希望永遠都別被發現，但四周繼續響起各種敲打聲，躲藏處上方的木頭開始搖動時，樹皮碎屑不斷落下，突然間樹幹被掀開，竄入的陽光刺痛雙眼。

「猩猩出來啊——出來啊——」呼喊與敲擊聲愈來愈大，輝夫嚇得又奔跑出去，只是前方卻無比陰暗。

「抓到啦，逮住牠了！」士兵呼喊中，猩猩輝夫才知曉自己被追趕進入一個木箱陷阱中，一時間來不及反應，柵欄門便被關上。

「嗚——咿——」猩猩輝夫不斷怒吼，雙手拚命捶木箱的牆面，但是隨即有木條蓋上柵欄門，且用鐵鎚快速敲下鐵釘，又覆蓋上一層木板後，四周便陷入一片黑暗中，猩猩輝夫無法壓抑恐慌而大吼——咿——嗚——輝夫雙手觸摸粗糙的木箱壁面，被突出的木片刺傷手皮……

隨後是一陣漫長的運載，在黑暗中晃蕩，終於平穩下來時，猩猩輝夫仔細聽，四周傳出貘的喊聲、山豬的呼聲、天堂鳥垂死的鳴叫……咿——呀——吱——各式各樣的聲響交雜成為地獄哀聲，在耳際迴盪與撞擊，猩猩輝夫緊張急促地呼吸著，瞬間癱軟在地，閉上眼，此刻彷彿又要死去……

而當猩猩輝夫再次從昏迷中甦醒時，已能明確感覺到身體正在起伏，上下之間，正隨著海浪的高低震盪而搖擺。

此刻……應該在運輸船上，猩猩輝夫永遠記得從高雄坐船前往南洋的暈眩感受……四周的黑暗之中，先是傳來一些動物希微的呼吸與氣息，隨即又傳來腐臭氣味，穿過木箱縫隙不斷撞擊猩猩輝夫的鼻腔，死亡氣息實在令人作嘔，氣味讓胃酸逐漸湧上，來回沖洗食道咽喉而灼熱痛楚，眼淚便不自覺落下……

持續的苦痛讓猩猩輝夫開始思索，為什麼自己在這裡受苦，這不合理，這不公平，自己努力作戰、照顧同袍，從來沒對不起穿上軍服的一天，為什麼會莫名其妙死去，又為什麼會變成一個畜牲——

為什麼——

猩猩輝夫在微光中怒吼，卻餓得連喊叫的聲響都如此細微，他只能瑟縮在這小小的木箱角落不斷啜泣，明白或許自己又要死去一次，第一次死在自己人手上，第二次死在漆黑陰暗的木箱中，隨後被人拋入大海中，變成魚蝦的食物——

不，我不想死，不想死——

強烈痛苦襲來讓身軀更加疲勞，這過於苦痛的精神狀態，令猩猩輝夫趴在籠內哭泣，渾身不能動彈，直到睡去後陷入更深的黑暗。

一路上猩猩輝夫睡了又醒，醒了又睡，直到突然聽見火車鐵軌與輪子交織出震盪聲響，讓猩猩輝夫忍不住回想起入伍訓練後，曾跟著部隊從台北搭火車到高雄，那是他人生初次半天以上的火車旅程，出征的他內心滿是期待，自己將成為更強大的人，更勇猛頑強，擁有力量……

火車緩緩到站，輝夫所在的木箱被搬上卡車，車行許久，終於才運到定點……如此長久且疲累的搬運，當一位士兵拆下木箱的外蓋，猩猩輝夫一時間無法適應外界的光線，只能瞇眼探看湛藍天空，腦中無比暈眩。

現在這是哪裡，精神迷茫之間，手腳使不上力，只知道許多軍人和獸醫正在打量猩猩輝夫，確認沒有大礙之後，便把猩猩輝夫送入鐵籠內。

猩猩輝夫耳中聽見日文，最初猜想此處是香港還是新加坡、馬來西亞，又或是沖繩……畢竟此時半個太平洋都是日本人領地，日文十分常見……但仔細聽，四周語言中有台語混合日語，又聽見客家話——

這太不可思議，猩猩輝夫隨即豎耳聆聽，台語來自籠外兩個飼育員。

「這猩猩紅毛的，和黑毛的不同款喔。」

猩猩輝夫轉過頭，看見鐵籠外的飼育員陳大哥正拿著鏟草鐵叉，打量虛弱的猩猩輝夫。另一位飼育員將稻草卸下，也皺眉打量著猩猩輝夫一眼。

「黑毛的要去非洲找，南洋沒這款啦，哈哈。」

「這是……台灣？」猩猩輝夫不可置信地緩緩移動腳步，終於看向鐵籠外面，雙手抓住鐵欄杆，試圖將身體擠出欄杆似的，只是這動作太滑稽，讓一旁陳大哥忍不住笑出聲。

「這猩猩沒被關過，不知道籠子是什麼啊，哈哈。」

圓型鐵籠內有一個樹幹矗立，另外用石板堆成一個可以藏身的洞穴；鐵籠外用石頭排出一個稍微讓遊客間隔開的小花圃，以免猩猩伸手出籠就會抓到外面的人……猩猩輝夫來到鐵籠邊際，看著斜前方是獼猴區，鐵籠內許多大小獼猴正百無聊賴做一些反覆之事，有獼猴拋接木頭，也有獼猴丟石頭到鐵窗外；那是猩猩輝夫無比熟悉的地點，他曾蹲在那邊畫出一張又一張獼猴素描……

回來了，真的回來了……

這一切都太不可思議，猩猩輝夫牙齒在打顫，自己真的回到圓山動物園。但猩猩輝夫更無法預料的是，四周湧上的觀看人潮中有幾個孩子，凝神一看，其中一位竟是——正夫。

猩猩輝夫瞪大眼，不敢相信自己能回來台灣，又這麼快就遇到正夫……他再次眨眨眼，確定眼前這真的是正夫……只是理性一想，這孩子怎麼可能是正夫，這年紀的男孩外貌都相似，短髮棉衫，個頭嬌小的孩子到處都是……

只是眼前的孩子愈來愈靠近，直到幾步之遠的距離後，猩猩輝夫終於明確地知道，眼前這個孩子就是——正夫——

猩猩輝夫忍不住大叫——

「正夫——」

「我是輝夫——」

「我是輝夫哥呀——」

「正夫——我在這裡——我是哥哥啊——」

不管猩猩輝夫如何大吼，都化聲猩猩口中的咿——呀——嗚——巨大尖銳的喉聲，嚇得原本好奇靠近的孩子們都退後，正夫同樣一臉恐懼，跟著退後了幾步。

「我是輝夫啊——我是哥哥啊，正夫，看到我嗎，是我啊——」

猩猩輝夫不斷對正夫大吼，飼育員只能不斷敲著棍子，要用聲響嚇退這隻情緒暴烈的猩猩……

「剛來的都會這樣，還不習慣，關一陣子就會好。」

鐵籠被敲打而冒出劇烈聲響，猩猩輝夫眼中又閃過當初在森林中的爆炸火光，一時間心悸到視線模糊，又看見兩個飼育員從前方走來，彎身蹲在鐵籠前。

「只要關過一陣子，不管什麼動物都會變乖。」

正夫打探新來的猩猩後便轉身走遠，但飼育員仍在敲擊著鐵籠，猩猩輝夫心底無盡的委曲，淚珠瀰漫在眼眶中，只能痛苦仰頭哀號，委屈的哭聲瀰漫在動物園之中。

第十五章 表演

「不可能……」

「這不可能……」

在陰暗的夜裡，這隻來自南洋的紅毛猩猩，竟能以草桿排列出文字……正夫站在鐵籠之前無法動彈。他看過一些受過訓練的動物能玩一些把戲，不管是猜數字或玩球，但那都是反覆訓練的結果……然而這隻猩猩，竟然能理性地排出文字……

那是字，代表意識的存在，代表著一個「靈魂」藏入其中。

「你真的……是輝夫？」正夫咽著口水，喘口氣後往籠前踏了一步，小聲地問向籠內的猩猩。「你……是輝夫嗎？」

聽到「輝夫」這字音後，籠內的猩猩再次在地上排列草桿——「テルオ」。

「輝夫——」正夫瞪大眼不敢置信。

正夫雙手抓緊鐵籠，不敢相信籠內渾身紅毛的野獸，竟是輝夫哥哥的化身……

正夫寒毛直豎，經歷著人生中最無法置信的一夜，只見猩猩輝夫緩緩將手伸出鐵籠；而正夫也緩緩伸長自己的右手，與猩猩輝夫的指掌初次碰觸——這一刻起，眼前的猩猩不再是猩猩，在正夫心中，這隻紅毛猩猩已完全成為哥哥輝夫……猩猩輝夫也凝視著正夫的眼睛，儘管無聲，卻彷彿在對正夫說：「你……終於認出我……」

往後的日子，正夫每天都來到鐵籠前探視猩猩輝夫。

「你為什麼會變成這樣……」正夫湊在鐵籠前，看猩猩輝夫的姿態出神。

「哥，你快吃這個……」趁飼育員沒看見，也沒有遊客經過之時，正夫便拋兩個番薯進入鐵籠中。

猩猩輝夫慢慢走向前撿起番薯，確認沒有被人看見。

「你要好好吃飽，好嗎……」正夫反覆叮嚀，說著便鼻酸。

猩猩輝夫沒再回應正夫，只因飼育員陳大哥隨即走來，用手捶一下鐵籠，大聲嘶吼。

「畜牲，不要靠小孩子這麼近——快滾開——」

看見猩猩輝夫受到驚嚇瑟縮，正夫心疼而忍不住氣憤，回頭瞪向陳大哥，隨即開口大吼。

「不要對他這樣——」

過往體格瘦小，個性溫馴中帶著怯弱的正夫，竟初次對陳大哥大喊出聲。陳大哥先是怔住，但隨即忍不住笑出聲。

「欸，蕃仔子，來自南洋的畜牲也還是畜牲啊，我以前也這樣照顧動物，都沒看你生氣過。」

正夫內心無比憤慨，儘管想衝上去揍陳大哥一拳，但知曉自己肯定打不贏，只好默默忍下這口氣。只是正夫更沒料到，他回頭看向猩猩輝夫時，猩猩輝夫也凝視著自己，在陳大哥背後朝正夫伸出手，緩緩比著「快走吧」的手勢。

「哥……」正夫心底更加相信，這隻猩猩真的是輝夫，只能默默低頭離去，不斷回望鐵籠內的紅棕色毛髮生物，那已化身為猩猩的哥哥輝夫。

戰爭在海外如火如荼，此時動物園每逢假日便會舉辦「招募活動」。假日午後，飼育員牽來大象「瑪小姐」，讓孩子們騎著溫馴的象繞一圈。

「各位小朋友們，免費騎大象啊——」制服筆挺的軍人山田少尉，對四周的孩子手舞足蹈地喊出：「想騎大象就來排隊喔。」

「哇啊——大象——」幾個孩子知道能免費騎大象，便忍不住大笑，竟能免費騎大象，排隊人潮洶湧而至。

不只是大象，南洋帶來的軍馬與騾也能騎，只要有動物可接觸，每個孩子都笑容滿面。

「各位小朋友，都是因為我們戰爭獲勝，才能有這些動物啊——請各位小朋友回家去，和家裡的卡桑多桑說要多多支持戰爭——」

負責宣傳的軍官山田少尉昂揚地介紹，比著這些戰場動物。

開心騎著動物們的孩子，不管在大象的背上或馬的背上，全都興味盎然地高舉雙手，大聲喊著萬歲跟著回應。

「回去一定會和卡桑多桑說，要支持戰爭！」

此時正夫蹲坐在猩猩輝夫的鐵籠外，眼角餘光注意著在園內反覆繞圈的大象「瑪小姐」。他當然知道，其實瑪小姐並非來自南洋，但只要能支援戰爭宣傳，完成任務就行。只不過正夫觀察這些宣傳活動，便又發現一件事，瑪小姐會配合任務，當孩子下了大象背後之後，便會捲起鼻子，吃下孩子送來的番薯。

正夫跑去園區其他角落，發覺同樣將參與騎乘活動的騾與馬匹，在繞場活動之間也在一旁咀嚼草料，等待下一回合的宣傳活動。

正夫很快就明白現實的殘酷，不管是大象、馬、騾都會被工作人員牽來載運小孩，溫馴的兔子和山羊也能與孩子接觸；反觀像紅毛猩猩這樣的動物，因為體型較大，具有一定的危險性，便只能在鐵籠內望向喧鬧的外頭。但現實擺在眼前，參與表演的動物能獲得較多的食物，有多餘的營養便更加健康。

「哥，我和你說……如果可以，你一定要配合活動……」正夫對著鐵籠內的猩猩輝夫不斷呢喃。「這樣才有更多東西可以吃，知道嗎？」

由於進入戰時，每天配給的飼料食物，已不足以保持猩猩強壯的肌肉，要獲得營養，必然得配合園區的人類活動。等到幾名幼稚園孩子走到鐵籠邊時，猩猩輝夫便對幾位孩子揮手。

「嘿——猩猩——你好——」孩子們看猩猩輝夫揮手後，全都興奮大喊，好奇湊在猩猩輝夫的鐵籠前繼續喊出。

「猩猩呀——猩猩——」「猩猩——看我，和我揮手。」「和人一樣會揮手啊！」

孩子們的喧鬧聲讓四周的大人也好奇湊上，沒想到新來的紅毛猩猩彷彿受過訓練似的，竟會對遊客的呼喊點頭搖頭、揮手回應。有個孩子索性丟了小布球進去鐵籠內，猩猩輝夫馬上撿來拋起，只是布球掉下來時沒接到，球直接打到猩猩輝夫的頭頂而彈開，讓鐵籠外的孩子們瞬間笑聲滿溢。

有個大人見狀，再丟下一塊番薯。猩猩輝夫便把這番薯塊當成球拋上天空，隨後張口等待落下吃掉。

「呀——這猩猩好厲害，還會表演特技啊——」

孩子們興奮大叫，看在正夫眼中更顯不可思議——這真是輝夫過往常做的事，儘管最初挨多桑一頓罵，輝夫卻說這可以訓練集中力與手眼協調，他能考試成績優秀都是因為有這訓練，讓多桑聽了啞口無言，也只能任他在飯桌邊拋著食物。

「輝夫……哥……」看猩猩輝夫努力使出把戲，卻讓正夫愈感鼻酸。

「這新來的猩猩還真是有趣啊。」鐵籠邊，有個男人隨手點一支菸，伸長手送進籠內。猩猩輝夫便伸手接起菸放入口中，學人類開始抽起後吐出菸圈。籠前的觀眾看到紅毛猩猩竟然會吐出菸圈，都忍俊不住哈哈大笑。

笑聲絡繹不絕之時，猩猩輝夫將菸頭丟地板上，試著用腳掌踩熄，誰知菸頭熱度還在，一腳踩下後燙得跳起來，躺在地上摸腳打滾。

「哈哈哈哈，好笨的猩猩啊。」幾個孩子忍不住大喊，畢竟大象、獅子或可愛的兔子都沒有「手」；而猩猩的外貌類同於人的姿態，對觀眾來說，這就彷彿是一個人刻意披上毛皮扮演動物，正在鐵籠內表演。

由於笑聲此起彼落，很快地，鐵籠前遊客們便擠成一團看熱鬧，就連帶領大象與孩童活動的軍人山田少尉也湊過來，連忙介紹。

「大家想像不到吧，這隻紅毛猩猩也是我們的南洋戰利品啊！」

山田少尉在鐵籠前高舉雙手，仔細與遊客介紹。

「眾人請看，只要各位幫忙協助戰爭，我們就能帶回更多的紅毛猩猩，做出更好看的表演給大家欣賞！」

山田少尉十分禮貌地舉起手，與圍觀的群眾鞠躬謝幕。此時猩猩輝夫趁機伸手，一把抓走山田少尉的軍帽，隨即戴在自己頭上，又接過菸吸吐出更大一口菸圈，彷彿一位跋扈軍人似的，讓一旁的大人小孩全捧腹大笑停不下來。

因為會表演，不久後猩猩輝夫便成為動物園的「明星」，許多孩子甚至在離開時紛紛說起：「我下次還要來看那隻紅毛猩猩——」

正夫起初也跟著猩猩輝夫的嘻鬧姿態而發笑，但正夫愈看，心底卻擁出無盡的辛酸，若是自己在輝夫出征那日緊緊抓住他，甚至在他面前假裝昏倒，輝夫會不會心軟不去參戰……如此一來哥哥就能平安在家，更不會化身成為眼前這隻紅毛猩猩……

聽著四周的笑聲喧嘩不止，正夫隱身在人群中，遠遠看著猩猩輝夫拋起的薯塊，忍不住皺起一張臉，嘴角顫抖啜泣起來。

第十六章　湯米君與艾蜜莉女士

近日，高山一君感受到戰爭的影響，從報紙新聞上的遙遠戰地逐漸來到了身旁，到台北市街購買標本材料時，店家老闆林先生雙手一攤。

「唉呀，東京來的玻璃眼球……已斷貨幾個月了啊。」一身西裝的林先生嘆口氣，翻著進貨記帳本上的紀載筆跡，再次對高山一君搖搖頭。高山一君連忙追問。

「為什麼會斷貨……這玻璃眼珠的效果非常好，看起來就和真的眼珠一樣，能不能再幫我叫貨……」

「沒辦法啊，最近船運都被封鎖了，什麼舶來品都買不到了啊。」林先生只能感慨地搖頭回應，隨即探看門邊與街巷，確定沒有靠近的路人之後，才湊近高山一君的眼前，低聲說起祕密。

「你知道嗎，我聽人說……海邊已經有人在挖戰車坑了……」

「什麼是戰車坑？」高山一君愣著，這是人生中從未能理解的詞彙。

林先生解釋起，那是一個個和房子一樣大的地坑，每個都有兩米以上深度，若有戰車登陸，開過海邊防風林，視線不清沒發覺，戰車就會直接摔下卡住；若是視線清楚，戰車駕駛發現大坑就在前方無法開過，但車隊只要一停下，就會被日本軍隊攻擊。

正夫在多桑身旁挨著，聽著林先生的話語便皺眉思索，忍不住想像巨大的戰車坑在沙灘上排列整齊……但正夫突然思索出這大坑的意義，如果需要擔心美國的戰車會開上海邊而挖出大坑，那美軍……不就在台灣旁邊了嗎？

「總之沒貨就是沒貨，高山大師啊，你就用以前的方法，自己畫木頭眼珠吧……我這邊還有一些顏料，你要不要買回去？」

林先生感嘆地兩手一攤，隨即又低聲和高山一君說起。

「很多食物的價格也在漲，總是要存些物資在家，要是戰爭真發生在台灣了，不管誰打贏，我們普通人也是得有東西吃，才能活下去啊……」

新聞報紙上儘管寫著「勝利在望」、「痛擊鬼畜英美」，但市井之中總隱隱能嗅到一絲不安的氣息，畢竟一九四四年夏季之後，美軍的潛水艇開始攻擊太平洋上的日本所有船艦。由於台灣遲遲等不到來自各地的運補船，許多從日本進口的藥品與器材都開始缺貨，幾個月過去，市井之間便能感受到各種物價變化，這對於製作標本維生的高山家來說，感受更加明顯。

「這最後一批藥水都給你吧……聽說南部的糖廠和漁港都被炸過幾回……這些藥水以後我看也買不到囉。」

林先生愈說愈是低聲，深怕被一牆之隔的路人聽見。

對市井小民來說，當初所有新聞都報導日本必定打贏戰爭，我方連連戰勝英國、美國與新加坡，一路勢如破竹，誰會知道從真珠港事件開始，才不過兩年過去，情勢便開始有著劇烈變化，原本報紙上遠在天邊的戰爭已逐步來到眼前，卻沒人敢在大街上發表意見，畢竟軍警都在管制戰時言論。高山一君知曉情勢愈來愈不佳，便愈是錯愕與自責，畢竟如果一開始就知道會打輸，誰會願意讓自己的小孩……就這麼去戰場白白送死……

「輝夫啊……」離開店家時，高山一君內心不禁感慨，忍不住仰頭落淚。「我真的以為……戰爭會贏，才讓你去的啊……」

這句話聽在正夫耳中不免也自責，眼眶也跟著泛紅。

更難以置信的是，那日動物園即將關閉之時，幾台軍車開來，負責動物園的軍方人員山田少尉與佐佐木先生，一同來到標本工作室探訪。

「請問……有什麼事嗎？」高山一君疲憊地回頭，忐忑打量門邊這幾位不速之客。

帶頭的山田少尉走入屋中，打量標本櫃中的黃喉貂標本時說起。

「高山先生，我們是要來通知『戰時猛獸處分』之事，動物園內現在要處理掉一些大型動物，請您務必前來協助。」

「什麼猛獸動物……要處分什麼？」高山一君皺著眉頭，絲毫不能理解山田少尉所說的語彙，畢竟園內所有的動物都是珍貴寶物，從世界各地歷經千辛萬苦交涉，走過漫漫船期才轉運來到台灣。

高山一君最初還以為，只需協助將動物關去別的地方，直到管理者佐佐木先生撐著拐杖走近。

「高山君呀……我們早就接到軍令，不能再養凶猛的動物，但我們之前沒有嚴格進行，現在軍方下令要求我們務必要進行，所以拜託高山先生，協助我們把這些動物……處死……」

「什麼？」高山一君愣著，這種事情前所未聞。「這些動物活得好好的，沒得到絕症也沒傷過人，為何要處死？」

佐佐木先生一聽，與身邊的山田少尉目光交會後，嘆了口氣。

「就是怕戰爭來了，牠們有機會跑出來，沒有人有辦法照顧這些動物啊……你別擔心，這些動物處死之後也不會浪費，可以做成標本……」

看高山一君臉龐凍住，呆愣到說不出話語，佐佐木先生又趕緊解釋。

「高山君啊，這並非我決定的呀。軍方這樣決定，我們也只能遵守命令——對了，如果子彈從心臟這邊打下去，毛皮受傷最少，做成標本也比較好看吧。」

佐佐木先生伸出手指，緩緩比向自己的胸膛。

「高山先生，我看過很多你做的標本……多多少少也知道一些製作標本的方法了……」

原來這事並沒有標本師多說話的餘地，高山一君只是被知會來協助處理，別浪費掉這些財產。

第一步要處死的，是體型碩大的獅子，畢竟要是鐵籠因為轟炸而破損，獅子跑出來可不得了，必定引起市民騷動，增加更多傷亡。

這日黃昏過去天光將暗，當遊客全部離開後，幾個士兵從軍車上拿下步槍，與佐佐木先生、高山一君與正夫，一起來到獅子的鐵籠前。

對標本師來說，再怎麼製作出維妙維肖的動物，心底仍是希望動物能好好存活，更何況園區內這兩隻非洲獅夫妻，當初是日本與英國關係良好之時，透過英國商人輾轉從非洲船運到香港，最後再轉運來台灣，真可謂是跨過半個地球才來到台灣。

高山一君常常來觀看這一對獅子，獅子有著碩大的體型，儘管被約束在鐵籠內，卻沒忘記身為獅子的驕傲，步伐依然有王者氣勢……誰知這日，竟會因為戰爭……即將被無辜槍決。

處決即將開始，飼育員拿起一隻死雞在鐵籠前方晃啊晃。公獅湯米君緩緩走來，以為可以獲得一塊肉，那一瞬間，高山一君心底喊出：「別過來——別過來——」但一切都已來不及。軍人將三八式步槍直接對著湯米君的身軀發射，砰一聲，湯米君胸口中彈隨即倒地抽搐。母獅艾蜜莉女士馬上知道不對勁，儘管獅子體型碩大，吼聲威猛，一旦發現自己身處危險，立刻如小貓一樣瑟縮角落躲藏，但鐵籠本就除了一些基本遮蔽處，並沒什麼可以隱藏的地方。

「開槍啊——」軍官咬牙下令，士兵再對著艾蜜莉女士射擊，慌張間打中一旁的水泥地面。艾蜜莉女士眼看無處可逃，便轉身對著開槍的士兵嘶吼，怒吼聲響穿透空氣，震盪現場每個人的胸膛。

高山一君和正夫愣在一角，身軀都因為獅吼而震動，眼見士兵再度以三八式步槍瞄準艾蜜莉女士身軀射擊，艾蜜莉女士肩膀先中一槍，卻彷彿無事似的繼續奔跑向前，露出尖爪的掌用力打上鐵籠欄杆。高山父子只能屏息，看艾蜜莉女士的獅掌不斷敲打欄杆而鏗鏘聲響。開槍的士兵被這聲響驚嚇而跌坐在地，由於士兵身體突然失去平衡，手上的步槍槍口向上一揚，子彈打中艾蜜莉女士的下顎，從下巴穿過後腦杓，艾蜜莉女士隨即癱軟倒地。

倒地的湯米君和艾蜜莉女士都已死去，只剩身軀殘存的神經抽搐，碩大的身體再怎麼威武，肌力再如何強大，也無法抵擋人類發明的火藥……儘管早已接受這事實，佐佐木先生在一旁監看兩隻獅子受刑而死，整張臉都皺在一起。

「高山君，拜託你了……就把這兩隻獅子……做成標本吧。」

戰爭時期的庶民只能接受命令，沒有別的選擇，要當兵出征海外，要去勞務修築機場，心底不甘願也得去；至於動物園槍決幾隻體型巨大的凶猛動物，在國家總體戰爭的目標面前，實在不是什麼大事。

「今晚麻煩加班處理獅子吧，鐵籠外貼一張休息中的招牌……」

佐佐木先生轉身和高山家交代，幾位飼育員也拿著水桶與刷子，準備洗去地上的獅子血液與散落的腦漿。

「幾天後……再來處理黑熊吧……」佐佐木先生嘆口氣，與負責監督的山田少尉協調進度。

正夫在旁聽著談話更是震驚，先處理獅子，接著處理黑熊，那……之後會處理什麼……大象瑪小姐嗎？

高山一君帶著正夫要回去時，正夫卻突然愣著。

等等，那猩猩呢？

正夫突然意識到，平常溫馴的紅毛猩猩，也算是「大型凶猛的動物」嗎？

正夫一聽便快步跑出獅子區，喘息著來到猩猩輝夫的鐵籠前，發現輝夫在籠內呆愣住，雙眼恐懼地打探四周，沮喪地與正夫目光交集，彷彿已從剛剛的槍聲中明白死亡的氣息。

陳大哥和幾個飼育員一同吃力地推拉板車，將兩隻獅子屍體陸續送到標本工作室，本來運送動物屍體也是尋常業務；但陳大哥這次卻不太對勁，搬下獅子屍體到工作桌上時，突然對著高山一君啜泣。

「這獅子從小到大給人養了一輩子……不會攻擊人了啊。我每次都大膽將肉片放進去，牠還會湊過來呼嚕撒嬌……就像大隻的貓一樣啊……」

對一旁的正夫來說，陳大哥常調侃自己的蕃人血緣，是個極度無禮之人，但這一刻卻又因憐憫動物而落淚，不免讓正夫一時間感到情感混亂。

高山一君開始工作，割下獅子的皮與肉。戰爭正烈，營養逐漸缺乏的年代，便當常常只有一條小魚乾，此刻有著濃厚腥味的獅子肉也早就被人預約殆盡，巨大的獅骨若非可保留做標本，大概也會被人要去熬湯。

正夫協助多桑，以紙張包裹一塊塊切割好的獅子肉，不久後便有人上門來，提走這些肉。

「多桑……獅子肉會好吃嗎？」正夫疑慮皺眉，也不免好奇問起。高山一君忙碌了一晚上，只保留一小塊獅子肉。

「我不知道……我們也吃一些吧……」高山一君頭也沒抬，惆悵地拿刀具繼續切割獅子的骨肉。

這日夜晚，正夫在廚房將獅子肉下鍋煮肉湯，回想這兩隻獅子對自己吼叫時的震撼，如今化為鍋中沸水裡浮沉的肉，加入再多薑絲也壓不住腥味。

正夫將獅子肉湯端出，呼喚了多桑。

「多桑……吃飯了……」

多桑沒應答，走來餐桌前拿起筷子，夾起獅肉塊在口中咀嚼後便咕嚕吞下，若有所思地說起。「原來……獅子肉是這種感覺啊。」

正夫忐忑且緩慢地咀嚼肉味，這塊肉是公獅子湯米君……還是母獅子艾蜜莉女士的肉呢？現在牠們的皮吊在工作桌邊，尚未清理乾淨的骨在地上堆成小山。

獅子本屬於原野之中，當初動物園方為了讓孩子覺得親切，替獅子取了有趣的洋名，總是被孩子們熱情呼喊；戰爭並非動物引起的，此刻卻因為戰爭而處決，現在又要吃掉牠……要是那些來園內參觀的人們知道了，這些原本被視為珍寶，已如「朋友」般存在的動物們，竟有一天成為自己湯碗內的肉塊，又會是何種心情……

但正夫又反覆思索，其實市場能買到的豬牛羊雞鴨鵝魚蝦不也是如此？身為動物，就是會被人類飼養或捕抓，最後化成餐桌上的一道菜色……弱肉強食，本就是大自然的規律，而人類就是如此強悍，就算是大型的獅子又如何，終究成為鍋中物……

而更令正夫傷心的是，儘管心底對獅子們的際遇如此感慨，但聞到肉湯的腥味，肚子仍冒出饑餓的咕嚕聲，咀嚼獅肉之後，一股難以言喻的味覺竄出鼻腔，這肉不像牛也不像豬，當然更不像雞，這是超過人生經驗總和的氣味，夾雜憂傷與恐懼而生的氣味，更是瀰漫酸楚與悲傷的肉味啊——

正夫坐在桌前用力咀嚼，任獅子肉塊的氣息在舌尖瀰漫……

第十七章　轟炸之日

湯米君與艾蜜莉女士被槍殺而死後，陸續也處決了其他動物，接下來，輪到十歲的黑熊……雖然是台灣黑熊，卻也有個外國名字「吉米」，由於在園區內照顧會限制體型，吉米並未長成巨物，只是體型中等的黑熊。且因為艾蜜莉女士的頭顱被子彈打到破損，製作標本時遇到困難，所以在佐佐木先生的要求之下，要處決吉米時，便請軍方與電力公司派人來，採用電擊處死。

正夫與多桑正在一旁查看，要確定吉米的屍體可以製作標本，看著飼育員忐忑地揮手呼喊，手上拿著一隻全雞餵食吉米。

「吉米快過來，吃飯啦——」聽著飼育員呼喊，吉米緩緩走近飼育員的鐵籠之前，獸醫在肉裡放了安眠藥，不久後，吉米邊吃邊打盹，隨即昏睡在吃了一半的雞肉旁。確認吉米躺下睡著後，飼育員便以繩索束縛吉米在鐵籠邊，避免電擊中會醒來亂竄。

眼看安全能確保之後，電力公司派遣的職員才將吉米的左右爪戴上導電設備，接上電極拉出電線到鐵籠外。

準備就緒之際，佐佐木先生看著吉米躺下的癱軟姿態，蹲下觸摸吉米的頭顱毛皮，眼眶含淚屏息許久，才對著山田少尉緩緩點頭說起。「開始吧……」

當一切準備都足夠後，山田少尉來到鐵籠外喊著：「開啟——」工作人員扳開電量開關的瞬間，黑熊吉米被穿身的電流電醒，安眠藥劑量在電擊之下立刻失去作用，吉米睜大雙眼仰頭，卻因為四肢與身軀被綑綁而無法動彈，只能開口痛楚大吼。

正夫站在幾公尺遠，儘管未接觸到吉米，卻能直接感受到吉米痛苦怒吼的氣流……電擊持續下去，吉米卻沒有如同計畫那樣瞬間死去，隨後空氣中嗅到一股濃厚的燒焦氣味，許多人終於不忍心而紛紛走出門去，只留下負責行刑的軍人。

陳大哥站在門邊不斷抽菸，試著壓抑吉米被電擊後瀰漫的熊肉焦味，低頭看著緩步走來的正夫。

「為什麼……不像打那些獅子一樣，趁睡著時……從頭上打一顆子彈就好……」

看著陳大哥皺眉喃喃自語，正夫也只能望向遠方的雲朵，不知該多說什麼。

這天是一九四五年的五月末，豔陽正盛，盆地上方的積雨雲一朵一朵湧上。儘管正夫沒曬到太陽，但聽著吉米斷斷續續的吼聲，身上薄透的白棉衫卻被汗水溼透。十數分鐘後，吉米痛苦的哀鳴聲終於變得微弱，直到一片靜謐⋯⋯

吉米被處死後，園區內的大型動物還有什麼？

正夫望著天空一朵朵的積雨雲思索，下一個被處死的，或許是大象「瑪小姐」，接著⋯⋯就會是猩猩吧。

正夫不敢再多想，只是快步走到猩猩輝夫的鐵籠前，偷偷拋下一塊番薯。面對著猩猩輝夫，正夫情緒難以名狀，不敢和牠有太多互動，甚至有意迴避著猩猩輝夫的目光。

標本工作室中，獅子的毛皮尚未完全處理完畢，黑熊吉米的屍體已緊接著運來，體型碩大的動物屍體占據標本室的空間。在這已有著炎熱氣息的五月天，高山一君必須加速處理，以免動物肉身快速腐敗。

高山一君只想盡快完成任務，先與正夫一起架起這隻黑熊，自從之前切割過獅子後，正夫已習慣大型動物巨大的內臟，將它們一一裝載桶內，隨後卸下一塊塊骨肉，握著尖刀，正夫感覺自己是一名流利的屠夫，而非標本家庭的孩子⋯⋯

只是怎麼也不能知曉，數日後的五月三十一日，早上十點鐘整，當正夫還在處理吉米的毛皮時，空中突然傳來陣陣從未聽聞的聲響。

「這什麼聲音？」正夫被這奇特聲響吸引，仰起身來看向窗外。反倒是高山一君沒什麼反應，繼續刮除熊皮的脂肪。

「你去外面看一下，沒事就回來幫忙。」

正夫解下手套走出門邊，這才發現眾人都從屋內跑出，園區內遊客也全部站定，一起往台北城區方向望去——

遠方天空中，竟出現許多從未見過的黑點……

「那是什麼？」眾人紛紛交頭接耳，防空警報像是巨大的蠅翅在耳際轟然震盪。不久後，遠方空中有三台土綠色的飛行器飛入視線，那是美軍的B－24轟炸機隊，三台一起編隊，飛行到台北城區後便開始拋下腹中的炸彈，炸彈一顆顆落地後，不斷引發爆炸聲響。

「是美國飛機來了啊——」正夫怔住，儘管圓山動物園距離總督府位置仍遙遠，連續暴烈的聲響交雜轟炸機的引擎聲，不斷飛來三架一組的美軍轟炸機持續落彈，台北城區已冒起熊熊大火與煙塵，不管是台北第一高女、艋舺龍山寺或總督府都已陷入火海，火勢蔓延，連遠處的正夫都能看清。

此刻圓山市街的人們無比混亂，如螞蟻被炸出巢穴，紛紛在路上奔跑躲藏，只是現在才想躲防空洞已來不及，紛紛往樹蔭下躲藏，深怕成為轟炸機的目標。

「啊——為什麼我們沒派飛機上去……去把美軍打下來啊！」有人指著空中的轟炸機激動呼喊。

對市井小民而言，因為資訊封鎖，沒太多人知曉半年前的一九四四年，十月間發生過激烈的「台灣沖航空戰」，當時美軍從航母上飛來的戰鬥機與轟炸機群，已將台灣的防空力量悉數摧毀。此時的日本航空隊為了避免更嚴重的人員損失，便採取龜縮作法；明明美軍前來轟炸，航空隊員卻只能躲入防空洞內，以免珍貴的飛行員在機場就被殲滅。

美軍轟炸持續進行，只見遠方天際的煙塵漫天，城區到處都是火光，機腹中仍不斷落下黑色砲彈，轟——轟——正夫看向遠方的火花，突然又意識到，那動物園怎麼辦？先前槍殺動物，就是避免動物園遭到轟炸時，大型動物將失控逃出鐵籠而傷害人，只是正夫怎麼也沒想到，這事竟來得這麼快……

飛機引擎的轟隆聲響交織遠處的爆炸聲，早讓五感敏銳的動物全都緊張大吼，各自在籠內不斷轉圈或抓著鐵欄杆顫抖。明明士兵都在應付轟炸，不可能有精神理會這些動物，正夫卻忐忑地想，會不會有軍人來到園內，舉起槍枝處決動物……

正夫忍不住轉身跑回園區內，沿路上與許多職員錯身而過。

「輝夫——輝夫——」正夫陸續跑過躲避的職員身邊，來到猩猩輝夫的鐵籠前，迎面便看見猩猩輝夫的眼角竟恐懼到滿是淚珠，雙手抓緊鐵欄杆在顫抖。

「哥——沒事吧！」正夫趕緊伸手入籠內，撫摸猩猩輝夫的身軀，卻發現一旁的鐵門竟沒關上，隨著風吹而緩緩打開。

原來方才飼育員在照顧猩猩輝夫時，遇到轟炸而慌張逃離，沒有將鐵門關好……正夫愣住，看猩猩輝夫也注意到鐵門開啟，便走向前去，緩緩推開鐵門後，上前來緊緊擁抱著正夫。

「哥……沒事了，飛機不會轟炸到我們這邊，別擔心……」正夫也緊抱住猩猩輝夫，試圖讓猩猩輝夫的恐懼平穩下來。只是沒想到，一旁有個遊客正巧躲避在附近的裝飾假山下，看見猩猩輝夫和正夫擁抱一起，馬上驚慌地喊叫。

「啊——猩猩抓人了！」

遠方的轟炸方才止息，園區內遊客們正一片混亂，突然聽見有人如此大喊，驚慌的遊客紛紛指著猩猩輝夫的方向叫嚣：「那邊有猩猩抓住小孩了呀——」

耳際紛紛傳來刺耳的尖叫聲，使得猩猩輝夫敏感地轉頭過去，凶狠露齒吼回路人。正在附近維持治安的士兵聽到呼叫，雙手抓緊步槍奔跑過來，舉槍對準猩猩呼喊。

「放開他——」眼看紅毛猩猩仍緊緊抱著正夫，士兵隨即朝著猩猩腳邊發射——砰——子彈在地上擊出火星——這一瞬間，猩猩輝夫腦中回竄當時被處決時的苦痛，吼聲從低沉轉為尖銳的咆嘯，隨即一把抓住正夫攀上鐵籠；只見鐵籠又被子彈擊中而火花四濺，幾聲槍響過去，園區其他的動物也開始跟著恐懼地嚎叫。

「哥，先放我下來，好不好——」正夫大喊，手與膝蓋在鐵籠上磨破而滲出血珠。然而此刻的猩猩輝夫眼神凶惡，與往常的溫馴姿態截然不同，也讓正夫看得全身發顫。

「哥——讓我下來——」儘管正夫想離開，卻明白根本無法掙脫猩猩巨大的臂力，隨即被更緊地約束而不能動彈。

飼育員陳大哥跑來一看便愣住，鐵籠上的孩子……那不是正夫嗎？陳大哥趕緊轉身，對著士兵大吼。

「不要開槍呀，那猩猩抓的人是正夫啊，是那個蕃人小孩正夫啊——」

猩猩輝夫抱緊正夫跳下鐵籠，躲入一旁路樹之下，竄入樹叢後方。軍人也只能對林間胡亂射擊。眼看紅毛猩猩消失眼前，眾人這才快步趨前查看，只是樹叢下遍布凌亂的腳印，地上也沒有血跡，林間除了飛過的鳥影與蟲聲之外，什麼動物的影子都沒有。

「高山先生，那紅毛猩猩……猩猩跑出來了——」陳大哥快步跑到標本工作室外大喊。

「猩猩跑出來?」因為轟炸而躲在木桌下瑟縮身體的高山一君，這才起身探向門外呼喊的陳大哥，回憶起之前軍人來動物園槍決動物，就是怕這件事會發生。

「你快去看……那紅毛猩猩……抓走了……你家的孩子啊……」陳大哥在門外喊完就慌張離去，讓高山一君怔住，只因「你家的孩子」這幾字，他起身看向窗外……

只因為自己家……現在……就只剩下一個孩子了啊……

「正……正夫……正夫怎麼了?」高山一君奪門而出，奔跑來到猩猩的鐵籠之前，只見籠側鐵門已被打開，紅毛猩猩擄走正夫後消失無蹤，眾人正在搜捕中。

佐佐木先生也快步走出辦公室，看向空盪的猩猩鐵籠，雙手不斷捶自己大腿，憤慨哭喊之外，也愧疚地不敢多看高山一君一眼，只能低頭喃喃。「早知道……早知道就全殺掉了啊。」

高山一君身為標本師，當然知道和人類相比，隨便一隻與人類體型相近的動物，都有更壯碩的肌肉比例，更強大的握力，更大的下顎咬合力……正夫如此的瘦小，根本不可能和這隻紅毛猩猩對抗……不要以為紅毛猩猩只會溫馴的接受餵養，紅毛猩猩在野外……若有機會，也會獵殺山羌與獼猴來吃啊……

高山一君此刻眼球瘋狂顫動，已失去一個孩子，不能再失去另外一個……隨即雙腳一軟向後倒下，癱軟於地面之上，四周響起紛亂的人群呼喊，在他的耳中，全都成為空盪迴聲。

這一日當轟炸過去後，台北的人們要不躲藏在防空洞不敢出來，就是在街邊一角慌張收拾家當逃難去。猩猩輝夫緊抱正夫離開動物園後，便開始跨過街巷，避開路人著急的眼神，途中曾被一位正在逃難的成年男子目擊；只是對常人來說，就算此時看見一隻紅毛猩猩從自己眼前竄過，空襲當頭，也只能當成過度驚嚇而生的幻覺罷了。

猩猩輝夫抱著正夫逃出動物園不久後，很快來到基隆河邊際，仰望前方的草山丘陵，便一躍而下基隆河，準備游到河岸對面去。

「哥——」被緊抱的正夫未料到會入水，被抱入水中後不斷被河水嗆到，每次在浮出水面時都咳嗽不已。

「哥——咳……我快淹死了……」直到離開水面來到對岸，猩猩輝夫仍未鎮定，一路向前奔馳到山坡邊，仰望前方的丘陵坡地後繼續奔跑，終於爬上圓山的台灣神社一旁。許多路人指著奔逃的猩猩輝夫，一看到四周驚慌的人影，猩猩輝夫更是奮力上坡奔逃，隱入樹叢後繼續躲藏。

猩猩輝夫一手抓緊懷中的正夫，一手攀上松枝，又跳躍到樟樹樹枝上，再跳下樹後翻過草叢中，草葉灌木不斷劃過正夫的肌膚。猩猩輝夫有毛髮可抵擋草葉刮刺，但正夫這纖瘦的身軀只要穿過芒草叢，皮膚馬上又多出幾道大大小小的傷痕，痛得他流出淚來。

儘管如此，正夫也只能繼續緊緊抓著，任猩猩輝夫發瘋似的繼續在山上奔逃，畢竟自己萬一鬆手可能會從樹上掉下，甚至落進一旁山谷而粉身碎骨。正夫眼看呼叫無效，便索性閉上眼忍耐，不知道被帶著奔逃了多久，直到爬上草山充滿霧嵐的山稜邊，霧中視線看不清前方，猩猩輝夫終於停下腳步，失神般望向前方杳無人煙的山凹。

「輝夫——」正夫眼看停了下來，便用力拍撫猩猩輝夫的手臂，再咬一口猩猩的手指。猩猩輝夫這才痛得將正夫甩在地上，瞪著弟弟露出一口牙齒，高舉著雙手要撲向前方，彷彿下一秒就要咬斷正夫的咽喉。

「哥……你看那裡……我們快過去躲起來——」正夫趴跪地面，一身傷口，注意到前方山坡上的土磚屋。

正夫的喊聲讓猩猩輝夫也回過神來，這才平緩下來與正夫一起走過草坡，來到這土屋之前探看，確認屋內無人後，便小心翼翼推開木門，嚇出許多藏匿的壁虎、蝙蝠與老鼠，屋內有一片堆著柴薪的土壁，掛著蜘蛛絲的牆角土灶內，一塊未燒盡的木柴冒出數朵蕈菇。

儘管四周已無人追擊，猩猩輝夫卻依然轉頭四探，十分警戒。

「哥，別怕……這裡很安全……真的……」正夫不斷拍撫猩猩輝夫。「沒事了……」有著正夫的安慰，猩猩輝夫的急促呼吸終於放緩，凶惡的神情這才放鬆。儘管遠方山下，被轟炸而起的煙塵尚未停下，但那都是山下的事了，正夫轉身擁抱著猩猩輝夫……

「沒事了……」

正夫撫摸著猩猩輝夫臉龐的毛髮，往前拍著牠的背，輕聲說起。

「沒事了……哥……」

「真的沒事了……」

第十八章　下山去

草山夏日常有午後陣雨，大雨滂沱的時節，山野之間總瀰漫著泥水的氣息。土屋工寮的窄小空間內，猩猩輝夫和正夫瑟縮相依，聽著土牆外傳來的絲絲雨聲，等待漫長的雨勢停下。

在土屋內已待上數日，正夫明白絕對不能下山，那會讓士兵繼續對著猩猩輝夫開槍攻擊，那是人類對於野生動物的直覺行動，二話不說就殺掉……但飢餓讓情緒逐漸緊繃，生物不可能不進食不喝水，再怎麼害怕也必須面對……

此刻，一隻泥胡蜂在土屋的牆面挖掘，猩猩輝夫便伸出手抓取，將泥胡蜂捏著放入口中，咬下上半身咀嚼，隨即將不動的下半身交給正夫。正夫也餓得吃下半隻泥胡蜂，昆蟲的腳在口中被咀嚼後稍微刮傷舌頭。只是體型小的泥胡蜂不足以果腹，飢餓感再度湧上，正夫的思緒便逐漸忘記追兵，只剩「活著」二字……

更何況，正夫總擔心身邊的猩猩輝夫回到野性，要是牠肚子餓了，一時間瘋狂起來，把自己吃掉又該如何面對……

一場雨停後，聽見外頭傳來未知的鳥鳴，又聽見未曾聽過的獸叫，正夫和猩猩輝夫小心翼翼推開木門，走入山坡旁的森林探看。猩猩輝夫似乎看見了什麼，快步走到草叢之中摘取一些不知名的雜草，揉捏成團擠出汁液後，隨即敷在正夫的傷口上。

正夫怔著，難以置信紅毛猩猩竟然會「敷藥」，又看著猩猩輝夫爬入溼熱的灌木叢中，拔起地下的腎蕨球根，又流利地爬上樹摘起酸澀果物，丟給樹下的正夫。這些酸澀的植物尚能入口，補充水分與糖分，但還不夠填飽肚子，正夫走著走著，再次感覺一陣腿腳痠軟。

日頭逐漸攀上雲朵，聽著森林內繁盛的動物鳴叫，正夫與猩猩輝夫發現獸徑上有些許動物的腳印，吃肉的慾望在正夫的心底汩汩昇起……但自己這麼瘦弱，而猩猩輝夫也幾天沒吃飽，不可能和健康的野生動物追逐搏鬥……

「哥……我太餓了……追不了動物……我們一定要想想辦法。」拍撫著猩猩輝夫的肩膀，正夫探望森林中的鳥叫蟲鳴，又聽見遠方的山羌嗷聲而思索。他打量起前方的樟樹與分岔出的寬大枝椏，應該可以躲藏在上方，便先在旁邊的地面上擺放起山芋與漿果，隨後讓猩猩輝夫扛上一塊五公斤的石塊爬上樹，將石塊擺放在粗大的樟樹分枝上，對準地上的漿果處。

「哥——讓我來吧，你要躲好啊，不要靠近！」正夫趕緊叮嚀，由於猩猩輝夫身上有著強烈的體味，其他動物能在遠方輕易辨識，因此這陷阱只能讓正夫進行。

正夫在身上塗抹泥巴，又折斷樹葉，將枝液抹在手臂上，隨後爬在樹枝上待著，等待可能的獵物到來，屏息等了半小時後，正夫耳際充滿蟲鳴鳥叫，眼前爬過一列舉尾蟻。三十分鐘過去，他只能半臥半趴在樹枝上，身軀僵硬得不得了。

本以為只會引來小山豬或山羌，這才發現前方草葉正在晃動，未料竟來了一隻體重至少百斤的公山豬，尖銳的獠牙上有著因打鬥而深深遺留的刻痕，比之前製作過的山豬標本還要巨大。這凶猛的氣勢讓躲在樹上的正夫怔住，要是山豬把他撞下樹，再用獠牙撞向他該怎麼辦……還好大山豬低頭大快朵頤之際，絲毫沒發現正夫在上方躲藏。

正夫屏息，緊張的汗珠落在樹幹上，眼看不能錯過這機會，只能小心翼翼將這五公斤石頭往樹幹旁推，直到石頭終於失去平衡而掉下，砸向山豬正吃著漿果時的頭頂。這一擊讓百斤的山豬也暈眩，腳步踉蹌之際，山豬仰頭看到正夫在樹上躲藏，便對著正夫嚎叫，試著用獠牙撞擊這棵樟樹的樹幹。

眼看正夫有著危險，緊抓著樹枝以免落下，猩猩輝夫原本躲藏在遠處，便焦急地從樹叢中衝出，雙手抓起地上那顆石頭，猛力捶下已失去平衡的大山豬頭部，隨後徹底將大山豬擊死。

正夫確定自己安全，這才趕緊爬下樹來，不可思議地看著地上的大山豬。

「輝夫……接下來怎麼辦……」正夫問起，儘管獵到這龐然巨物，卻不知該如何吃下。只見猩猩輝夫伸手觸摸著地上的石塊，用力敲下之後石片碎裂，猩猩輝夫抓緊一塊尖銳的石片，用力對山豬的腹部切下，剖開後便流出一地深淺紅粉色的內臟。

正夫還在想著該如何生火，才能不要吃生肉，卻看見猩猩輝夫直接將頭埋進充滿腥味的內臟之中，咬下一口肝臟之後，大快朵頤地吸取血液。

猩猩輝夫嘴角毛髮全沾染血液，這畫面如此血腥野蠻。正夫起初覺得噁心而退了兩步，但或許是餓過了頭，也似乎是受到血味吸引，他竟走向前去，學著猩猩輝夫將頭湊在內臟旁，用力吸吮山豬溫熱的血液；未曾體驗過的肉腥味一波波震撼著舌尖，正夫卻感到身體逐漸滋潤，彷彿重新擁有了力量。

入夜後的山區溫度驟降，正夫與猩猩輝夫窩在一起取暖還不足夠。正夫在土屋內翻找，從地下的柴火邊發現一盒僅剩三根的火柴，便小心地劃開火柴頭，將微弱磷火緩慢靠上枯草葉。火苗在土灶內翻騰掙扎，不久後終於讓四周乾柴燒起，隨即冒出濃厚火焰，照亮這間土屋。

「哥，有火了，太好了——」正夫指著火焰，忍不住微笑，這麼多天來終於感受到一絲希望，看著火光帶來的暖意之外，竟有股想哭的念頭。飄搖火光之中，猩猩輝夫欠了欠身，與正夫相依。

眼看有火可用，正夫便學習用岩石片來切割山豬肉塊，再把肉塊放在火焰旁的石頭上烘熟，豬肉脂肪經過火焰熱度而轉成香氣，讓正夫更加飢餓，折騰多天後終於能吃上一塊熱食，脂肪與蛋白質帶來營養與飽足，不是漿果可以比擬，正夫趕緊吹涼肉片後，也讓猩猩輝夫吃上一塊美味的山豬肉。

每天都只想著忍耐與求生，直到此時湊在火焰前才感到飽暖，正夫轉過頭來，看著火焰的光影在猩猩輝夫臉上飄搖。

「哥……你……還記得什麼?」

正夫拿來些許樹皮與草桿，希望藉此與輝夫「對話」；猩猩輝夫眨了眨眼低下頭來，撥弄著草桿，卻彷彿欲言又止，讓正夫更感心酸。

「哥……好想要你會說話……哥……好想要你告訴我所有的事……」

猩猩輝夫像是心底有話，卻始終難以訴說似的，看著正夫猶豫了半晌，只在地上排列出「輝夫」而已。

「你去當兵的時候……到底發生了什麼……哥——你在地上慢慢寫，告訴我你的事好嗎——」

看正夫含淚的眼眶，猩猩輝夫這才屏息，在地上排出先前未曾排過的話語……

「那日」

「森林」

「泥巴」

「走路」

「槍」

「我」

「死」

片假名一個個在地上排列出，看似毫無關聯，卻也能看出意義，當排到「死」字時，正夫再也無法抑制鼻酸，淚水一滴滴落在草桿上。

「哥……這次我不會再讓你死了……我會保護你的——」

正夫緊抱猩猩輝夫，眼淚不斷滑落。

「不要再離開我們……不要離開我……」

這天夜裡，照入月光的土屋中，猩猩輝夫蹭了蹭身體，便依在正夫的身邊。正夫也翻過身來，將頭枕在輝夫的臂膀上。

正夫終於等到哥哥的歸返，也就是如此，他好想將哥哥發生的事全都寫下，但在這資源短缺的山上，不管是以石片、木頭來刻下文字都十分麻煩，肯定需要紙筆才行。他便下定決心，要趁著月圓的深夜下山去。

要拿紙一定要下山，但猩猩輝夫絕對不能下山，這身形與體味肯定又會引起騷動，那麼……就只能依靠自己……

幾天後的深夜，在土屋中的猩猩輝夫欠了欠身，打了個哈欠，見正夫沒有入睡，而是起身準備。

「哥，今天我要下山去。」正夫拍著猩猩輝夫的手，撫摸起猩猩輝夫頭上的毛髮。「我會……帶紙筆回來，你先睡吧。」

正夫趁著明亮月色離開土屋工寮。儘管猩猩輝夫十分忐忑，仍握緊正夫的手。

「哥你別怕，在這邊等我，我一定會回來。」

下山的小徑上一片黑暗，但只要有月光，正夫發覺自己也能看清遠方，彷彿與野獸相處久了，自己竟也成為了野獸，不管是視覺、聽覺與嗅覺都變得異常靈敏。正夫只要站立山稜邊，就能聞到遠方野獸身軀酸苦或發酵的氣息，更是發現愈往山下走，甚至能嗅聞出「人」的氣息，白日山徑上經過的挑夫或柴夫留下了汗珠或器物，只要認真嗅聞，便會發現這些氣味都近在鼻尖迴盪不散。

下山之路，正夫或跑或走，藉著氣味濃度來避開人多之處。遠方野狗警覺起身，嗅聞到正夫全身悶汗氣味，便不斷警覺吠叫。儘管惱人的狗吠聲在山頭之間此起彼落，卻並未有人出來查看，或許是前陣子的轟炸讓都市死去太多人，當夜裡傳來仰天狗吠，也只會當成野狗看到迷路的冤魂正在徘徊……

正夫潛入山下，心想該去哪裡才能找到紙筆，這才發覺為了抵禦美軍轟炸，就算是山中小村也全面管制，他沿途查看路邊空屋，全部漆黑之外，台北先前遭遇轟炸，許多住民畏懼再度被炸，就算是郊區的屋子都已人去樓空，許多住民已往更偏僻的地區疏開。

正夫下山後來到街上，走到一排屋旁打探，在一間坪數最大的日式木屋旁觀察，確定這屋內嗅聞不到「人」的氣息，只聞到濃厚的霉味，無人管理的屋子在雨後只需一個禮拜，潮溼的梁柱與牆面便能長出許多蕈類。正夫身體貼緊磚牆，雙手彷彿變成尖爪，雙腳成為靈活的腳掌，快速攀翻過蹲下，隨即伏身前進，檢查數個窗戶後，發現其中一個未緊閉的窗，正夫馬上打開後潛入屋中。

儘管未開燈，但在正夫眼中，只要有星光便足夠明亮，從擺設看來，這屋主一家或許富有，甚至在屋角落看見一個石虎標本，正對著屋主的書桌。

正夫來到屋中木櫃前，雙手在每個書櫃抽屜中觸摸，任何錢財都不需要，直到終於找到幾支鉛筆，隨後又抓起一旁的空白紙張，便趕緊關回木櫃，開窗攀出後關回窗，隨即俐落地攀出圍牆，一切動作竟流利到未發出一絲聲響。

深夜無人的街上，最初僅傳來陣陣狗吠，然而方才跳出牆的正夫耳際聽見金屬機械摩擦聲。此刻遠方腳踏車聲細碎傳來，不知是誰在靠近？正夫二話不說隨即攀到樹上，身手就像猴子般敏捷，路樹在搖晃後落下幾片葉子，任誰都想像不到，這路樹上竟躲藏一個孩子。

正夫看著樹下，原來是兩個警察在夜間騎腳踏車，追擊在路上奔跑的小偷，隨即還有幾位警察徒步巡查。

「別讓他跑了——」警察大喊，陸續跑過樹下後遠去。正夫確定聲音愈來愈遠，「人」的氣味逐漸稀薄，這才跳下路樹，趕緊向著山邊奔跑而去。

後方的城市氣味正在變淡，原來環境真能靠氣味辨認，以鼻腔打造一張腦中地圖，這便是動物的感官……正夫快步奔跑，嘴角竟忍不住微笑著，只因自己彷彿擁有如野獸一般的力量，這就是他過往夢寐以求的身體。

正夫不在山上之時，猩猩輝夫也焦慮著無法入睡，只不過待在山林一段時間後，猩猩輝夫開始重返野性，卻又因為飢餓而開始不安。猩猩輝夫用力攀上樹幹，以鼻子四處嗅聞，不久後便嗅到台灣藍鵲的窩巢，接著便快速攀樹而去，隨即伸手便抓到窩巢中藍鵲的脖子，順手一折，藍鵲便垂頭死去。猩猩輝夫一口咬斷藍鵲頭部後，便從斷頸中吸吮血液，再一口一口咀嚼骨肉，甚至連藍色的長羽都吞入肚裡。

回到叢林後，猩猩輝夫不再像住在鐵籠內那樣溫馴，他突然覺得自己充滿力量，彷彿隨便一攀就能上到高處，畢竟森林所有的動物都畏懼自己。猩猩輝夫爬上林中最高的楠木上，從樹冠探望遠方天際的星空銀河。「吼——」猩猩輝夫忍不住對夜空尖聲大叫，許多森林內的鳥兒驚醒而飛，一時間鳥影瀰漫天際。就連山頭上的山羌、石虎與野豬，全都因為這吼聲而縮回山洞與草叢中，不敢再移動半分。

當天空出現魚肚白之前，猩猩輝夫從樹上看見正夫快步跑回，手中帶回了紙筆，便興奮地跳下樹幹，用力擁抱渾身汗溼的正夫。

「哥，你看這是什麼，我們來寫吧——」儘管疲累，但正夫精神亢奮，回到土灶之前，將保存的炭塊吹起火焰，在飄搖的火光之前，將一疊捲起的紙張攤開，把鉛筆筆芯以石片磨尖。

紙張有限，正夫讓猩猩輝夫在地上排列草桿，再以小小的字體抄寫在紙上，組合成字句。

「台北」

「南洋」

「美軍」

「島」

「輸了」

「船」

「逃」

「幫助」

「人」

「叢林」

「長官」

「爆炸」

「槍」

「頭」

「砰」

「死」

「我」

只是正夫一邊看，一邊將草桿排出的字抄錄，彷彿觸碰猩猩輝夫心底最不堪的角落，隨即便伸出手抹亂草桿。

「嗚——」猩猩輝夫張口哀鳴，陷入無法彌補的痛苦之中。正夫看向猩猩輝夫痛苦而睜大的眼珠，也跟著難過地嘴角發顫，對這些組合的「字」背後的故事已有了一個底。

「哥……真的是這樣嗎……是誰殺你的……是誰殺了你！」

過去猜想輝夫哥發生過什麼事，然而都僅是猜想，直到此刻，從草桿字得到實證，正夫抄錄成文之後內心更是折磨，哥到底做錯了什麼事，為何要受到如此冤屈。正夫再也忍不住情緒而一張臉扭曲，滿臉淚水滴答落下紙張，沾染到鉛筆筆跡上。

眼看正夫落淚不止，猩猩輝夫情緒卻逐漸緩下，收起痛苦神態，緩緩伸出雙手緊緊擁抱正夫。儘管猩猩不能言語，但正夫彷彿聽見輝夫哥在耳邊溫和說著。

「親愛的正夫，你別哭了……別哭了……」

第十九章　宿命

正夫與猩猩輝夫生活在山上的這陣子，餓了就打獵，渴了就去溪澗飲水，只要紙張不夠，他就下山尋找，有關猩猩輝夫的過往記載愈寫愈多，紙張成疊之後，就用偷來的針線串成一本書。正夫總想著，他一定要和猩猩輝夫一起活下去，等到戰爭結束再下山，與多桑團聚，再把這疊紙拿給多桑仔細地看。

只是不等下山之日到來，離工寮一公里遠的山邊有條獵徑，對原本在山上布置陷阱的中年獵戶來說，近日的陷阱都捕捉不到動物。獵戶的心底不斷起疑，那些成年的山羌和大山豬去了哪裡，甚至就連獼猴也都不見蹤跡，野鳥也都刻意遷徙去他處……

由於收陷阱時並不順利，又因午後的一陣大雨，獵戶踩到山坡上的爛泥，踉蹌間滑下斜坡而扭傷腳踝，只好撐起木頭當拐杖，往山下而去。

細霧微雨之中，獵戶撐著木杖一拐一拐走著，發覺前方土屋冒著炊煙，便想前去求援，至少能休息些許。他撐住木杖緩緩向前，才靠近到數十公尺遠之時便停下腳步，只因從樹叢縫隙望向土屋，木窗內竟有隻紅毛猩猩，正雙手抓住一隻獼猴的屍體在啃食，但因還有段距離，在獵戶的眼中，這就是人類的手掌正被紅毛猩猩啃入口中，反覆撕咬且咀嚼。獵戶一看便慌張掩身在樹叢下，冒起無盡的冷汗，害怕被這吃人野獸發現。

這隻紅毛猩猩的體型已成年，身材看來孔武有力，但台灣山上怎麼可能會有這種巨型動物，更何況……這紅毛猩猩竟然殺了人啊——獵戶再從草葉縫隙中抬頭，看向獼猴的指頭全被紅毛猩猩吃下，突然理解自己若被發現，接下來被吃的，就是自己……

獵戶十分明白，就算手上有獵槍也必須躲避，只因面對體型巨大的動物如黑熊或山豬，若無法正中獵物眉心或心臟，必須再填彈才能射擊，而填彈這動作便與自殺無異……更何況是能在林中敏捷攀樹的紅毛猩猩……獵戶低掩身形盡力快步走，還用路邊泥巴盡量抹在皮膚上，害怕自己的汗味被嗅聞，等到脫離這土屋工寮一段距離後，方才咬牙撐住拐杖快步向前，儘管又踩到溼潤的土壤而滑倒，但恐懼而生的腎上腺素讓人暫時忘卻肌肉與關節的痛楚，他趕緊撐起身子繼續一跛一跛離去……

獵戶回望森林深處，地上留下自己一路凌亂的腳印，一個個隱沒在暗處的草葉之下。每一棵樹幹後的黑影處，都彷彿躲藏一隻凶惡的猩猩，下一秒便朝自己衝來，將自己的身軀一口一口吃去。

※

正夫身上滿是土泥，躲在樹叢下，握緊手中石塊瞄準前方，用力丟出後不偏不倚打中樹叢下的雉雞身軀。雉雞瞬間倒下後，他趕緊從草叢中走出，一把抓起仍有氣息的雉雞，將牠脖子喀啦一扭，雉雞便斷了氣。

正夫隨即開始動手拔去雉雞的羽毛，但森林中突然一道黑影竄來，他直覺轉身想躲藏，卻瞬間被帶上一旁的樟樹上。

原來是猩猩輝夫衝過來抱起正夫，往林間的樹幹上不斷攀去。

「哥，你怎麼跑出來了？」

森林中，午間陽光從葉隙漏下，照亮猩猩輝夫慌張的臉龐，此刻正夫突然聞到奇怪氣味，這種氣息和草葉或土壤截然不同，夾雜動物毛皮的腥味，伴隨著金屬與火藥的氣息，隨即又冒起人類的汗酸，一時間讓他也分不清楚。連嗅覺更加敏銳的猩猩輝夫都不斷轉頭看向四周，驚慌地不知氣味從何傳來。

遠方樹叢中，數枝步槍的槍口穿過草葉，幾位日本士兵在林葉與藤蔓遮住的覘孔中，正在搜尋著巨大的逃逸猩猩。儘管距離遙遠，一聽見金屬槍管與草葉的摩娑聲，猩猩輝夫馬上低身警戒，讓正夫也跟著低身。

原來，那位誤以為猩猩吃人的獵戶一下了山，便趕緊通報警察。過了數日，警察與支援的士兵成隊上山，準備獵捕這隻吃人的逃逸猩猩。

猩猩輝夫嗅聞到了恐懼的氣味，便奔跑而來，一把緊緊抓住正夫，隨即跳下樹後在樹叢後躲避。

「輝夫，你怎麼了？」正夫還沒完全理解，身為這森林內最大的動物，還有什麼能讓猩猩輝夫恐懼？直到下一秒砰聲響起，子彈射擊到一旁的石頭冒出火花，亮光讓猩猩輝夫瞇起雙眼，一時間無法閃躲，便把正夫抓得更緊。

士兵持著步槍，遠遠在山頭邊走過樹林，直接包圍著猩猩輝夫。

「放開他——」士兵對猩猩輝夫大喊，隨即持起槍瞄準前方，扣下扳機，四周樟樹樹皮被子彈打碎，一時間碎葉齊飛，樹皮刺入猩猩輝夫的皮膚，讓猩猩輝夫痛得仰頭怒吼，馬上向開槍的士兵奔跑過去。巨大的猩猩迎面追來，士兵慌張間來不及再次上膛，猩猩輝夫就已逼近眼前，士兵嚇得馬上拋下槍躲避，失去平衡而滑下山坡。

砰——四周又有槍聲，猩猩輝夫抱著正夫轉身，使出全力在林間奔逃，先攀上樹，跳過凹谷上方的巨大構樹邊際，再鑽過沒人知曉的箭竹林；但四周的槍聲仍未歇止，猩猩輝夫慌亂不已，只能回頭咬牙怒吼一聲，再往森林內跑去。

「哥——小心——」正夫閉起眼，畢竟在樹叢中快速穿梭，身體處處早已被草葉刮傷。猩猩輝夫緊抱正夫，隨即又有數槍射擊而來，打得草葉紛紛掉落，猩猩輝夫再也無法躲避，身邊的樹幹被擊中後，一時間草葉四濺。猩猩輝夫便抓著正夫不斷往一棵大樟樹上爬去，好不容易才爬上枝椏，一顆子彈擦過猩猩輝夫的手臂，突然冒起的痛楚讓牠鬆開手，正夫便從六米高的樹枝上摔下——

幸運的是，正夫正好摔在爛泥與落葉之上，儘管身軀疼痛，但並無重傷，只是忍不住哀號。士兵經過層層樹林的遮掩，無法判斷森林前方的猩猩位於何處，聽到正夫落地的聲響與哀號，隨即朝他的方向開槍，子彈紛紛打中正夫身邊的石塊，噴濺的碎裂飛石彈射到他身上，正夫驚懼開口便是尖叫——啊——不要開槍——不要開槍——尖銳呼喊隔著草葉與風聲，一時間讓士兵分不清狀況，還以為是凶殘的大猩猩正攻擊著一名孩子。

「快點救那個小孩——」帶隊的警察大吼，繼續向著林葉之間射擊。

猩猩輝夫發現正夫掉落，馬上跳下樹，想伸手撈起正夫，但一發子彈擊中了背。吼啊——猩猩輝夫痛苦怒吼不已，卻依然以長長的手臂緊緊包裹著正夫，以免他受到傷害；另一發子彈再次擊中猩猩後背，雖未貫穿身體，但敲擊的力道不斷透過猩猩輝夫的體內傳來，彷彿一拳拳擊中正夫的胸口，子彈撕裂肌肉與內臟的痛楚瞬間傳來，猩猩輝夫瞪大雙眼仰頭哀號，隨即躺在一旁地上彷彿失去意識。士兵快步跑來，見紅毛猩猩彷彿已死，又發現猩猩懷中的正夫，便上前一把抓住正夫的手臂，要將他從猩猩輝夫緊抱著的手臂之中抽出。

「不要碰我——」正夫用力揮手抵抗，指甲刺入士兵的手臂中。士兵緊張之間便下意識揮拳，打中正夫的頭顱而讓他暈去。

儘管一把拉開了正夫，但躺於地上的猩猩輝夫仍未死絕，看到正夫挨上一拳，便吃力抓住士兵的腳，要這士兵放開正夫。

「這畜牲——」只見一位士兵將步槍喀聲上膛後，便以槍管直接頂住猩猩輝夫的腦門。猩猩輝夫瞪大眼，頂著眉心的槍管傳來熟悉的火藥味，再一瞬間火花冒起，猩猩輝夫便倒地死去。

「不……」一旁已失力的正夫，在意識不清之際，看著猩猩輝夫被槍決死去，一切變動來得太快。正夫瞬間跌落一片難以言說的黑暗之中，只能試著伸出指尖觸碰猩猩輝夫的身軀，虛弱地反覆呢喃。「輝夫……」

「哥……」

「不要……不要離開……」

「我……」

第二十章 回來

這段時日對高山一君而言，每一天都是折磨。

經過五月底的轟炸，台北市中心許多人開始往鄉下疏開，甚至園區的動物也被人偷偷帶走，就像大象「瑪小姐」正被藏匿在台北某處，以免被處決，只留下空盪的大象園區，偶有老鼠從飼料盆區跑過。

不過此刻的動物園內沒動物也無妨，台北大轟炸之後，各種娛樂活動都暫時停下，動物園也未開放，更何況因應戰爭而生的徵兵計畫已展開，不需要多餘的公關活動來打動眾人的心，所有符合需求的役齡男子，都有機會被徵集成為戰場的一員。

當生活愈來愈艱苦、夜間燈火管制時，眾人都心知肚明戰況如何，只是「輸了」二字絕對不能說出口，只能隱藏心中，免得被軍警找麻煩。

八月中的此時，高山一君常常呆坐工作室中，陰暗的空間內瀰漫藥劑酸味。窗光照亮眾多標本動物的臉龐，儘管玻璃眼珠有如活物，但標本卻永遠都不可能移動半步。

高山一君的臉龐被窗光照出深刻的皺紋，彷彿瞬間被光雕刻出一道道深谷。

望著屋中的標本，被死物圍繞的高山一君惆悵想著，在這世界上，自己所愛的人都陸續離開身邊，既然如此……自己又有何存活的必要……

這日，動物園沒有遊客也沒有動物，一切都顯得十分寧靜，直到門外的車聲由遠而近緩緩停下，激起的淡淡煙塵漫過標本室的玻璃窗外。高山一君已心如死水，並沒多加注意有人來訪，直到敲門聲不斷響起，一位中年男子倉皇喊出：「高山一君先生在嗎？」那扇多日未曾鎖上的木門便被訪客直接推開，高山一君這才緩緩側過頭看向門外——

逆著午後的光，高山一君緊瞇著眼，第一時間還無法看清，外頭站立的，竟是自己的小兒子……高山正夫。

「高山一君先生，先前被紅毛猩猩擄走的孩子……已被我們找回來了。」

穿著平整制服的警察與官員，禮貌地對高山一君說起。

這是真的嗎？高山一君不敢置信，他不相信被野獸擄走的小孩，竟然還有能夠平安歸返的一天。

「正……正夫……正夫！」高山一君反覆高喊，雙腳一時間竟然疲軟，便一骨碌跪在地上，只能用膝蓋向前移動到門邊，跪在正夫面前，雙手顫抖著一把擁抱起這個孩子，淚水汩汩沾附在正夫發愣的臉上。

這幾個月，高山一君不斷猜想，正夫早已被猩猩吃盡，成為山上一具散落的無名白骨，而骨肉早已變成糞便排出，化為山上的土泥……

好幾個無眠的深夜，高山一君獨自坐在樓上房間，手捧著倆兄弟的物品啜泣，回憶起從小到大歷經的苦難，為何命運要如此折磨自己，無邊的沮喪籠罩著標本室，高山一君失神似的看向木桌上的手術刀，若用刀尖劃過自己的血管，是否就無需再承受苦楚……

而此刻，正夫竟能回到眼前，彷彿做夢似的，高山一君緊緊抱住正夫，雙手用力抱出了青筋，怎麼也不願放開。

正夫被帶下山後，曾被警察帶去醫院照料，畢竟當時他手腳遍布大小傷口，渾身散發野生動物般的腥臭。每個初見正夫的醫生都愣住，仔細檢查眼耳口鼻後，發覺正夫的毛髮中寄生跳蚤，小腿處還發現三隻水蛭，膝蓋與手肘滿滿的傷疤，全身都是傷後癒合的色素堆累，外貌可說是悽慘不堪。

「這孩子……到底是怎麼回事……」醫生問起陪同的軍人和警察，幾個人都面面相覷，問向正夫。他卻只是呆呆地望著外頭，任憑四周人們的討論與訕笑，他始終默默坐在診間的角落，一臉呆愣而平靜無語。

「這孩子被猩猩抓走兩個多月，可能是被猩猩養著……所以性格也變成野生動物的模樣……」

「不可能呀。」幾個日本老醫生面面相覷，當醫生一輩子，第一次遇見這種奇怪的案例。就連院內最年長，滿頭白髮的山本教授都傻住，他一生研究醫學，讀過各種奇特案例報告，從沒親身遇過這種事。

眾人更仔細檢查正夫，雖然他的身體有寄生蟲和許多傷痕，體型也偏瘦，但是視力和聽力極佳，肌力比平常孩子還要更強悍，幾個醫生愈是檢查，愈是嘖嘖稱奇。

「這孩子……不只是心靈變成動物，我看是連身體……也變成野生動物了……」

「被動物養著的小孩」這消息在醫院傳開來，更多的醫生好奇地湊過來，觀察起正夫。

「說不定是台灣第一例，就像國外傳說那種被狼養大的孩子那樣啊……或許可以寫篇論文呀。」

年邁的老醫生拿起書櫃上的期刊，不斷翻頁找尋，期盼能找到相關的論文佐證。

從四周包圍過來的人影愈來愈多，左一句右一句，終於讓正夫恐懼起來，突然仰天大吼，露出自己口中犬齒，讓最靠近的醫生嚇得跌坐在地。

「看啊——這孩子真的變成畜牲啦！」

正夫不斷轉頭注視四周穿著白袍的醫生，不知為什麼，明明應該是聽得懂的日語，但在他耳內卻糊成一團，彷彿成為另外一種陌生的語言；對此刻的正夫來說，他只記得猩猩輝夫死前的怒吼……那是猩猩輝夫喪命之前，以殘餘生命呼喚出的正夫之名，此刻仍在他腦中不斷迴盪。

高山一君當然也想追問兒子究竟發生何事，但正夫眼神空洞也不開口，只得趕緊簽過文件，等軍警離去後再作打算。

「至少……這孩子活著回來了……」

高山一君打起精神，先去燒熱水，替兒子再次梳洗，儘管早已在醫院被整理過，他依然為正夫擦去許多皮膚汙垢，剪去粗糙長髮，換上乾淨衣物。只是正夫的外貌雖然回到了原樣，眼神依然呆愣，彷彿前方沒有多桑存在……

「正夫，你這幾個月吃什麼……你怎麼活下來的……」

正夫仍無法回答多桑的話語，空蕩的雙眼之中，反覆浮現猩猩輝夫中彈之前的身影。

「那隻猩猩……帶你去山上做什麼……」

高山一君忐忑問起，當正夫反覆聽到多桑提起「猩猩」二字後，彷彿接錯的電線重新校正，燈泡通電亮起……正夫緩緩回過神來，眼中終於映出高山一君的臉龐，忍不住落下兩行豆大的淚珠。

「輝夫……哥……輝夫……」

意識逐漸回復後，眼前多桑的臉龐也逐漸從模糊而清晰，確定眼前這人不是陌生人後，正夫這才緩緩伸出手，緊緊擁抱住多桑，全身顫抖不已。

「輝夫……他……他……」

正夫反覆呢喃著輝夫的名字，高山一君當然明白，這孩子是過度思念輝夫才會精神失控。這時正夫又突然想起什麼似的，倉皇翻找褲子口袋，拿出一疊凌亂髒汙的紙張。

這些紙張，科學家也檢查過，因為看不出上面凌亂的筆跡有何意義，只認為是精神失調的人所書寫的幻想，便折起歸還給正夫。

如今正夫對著窗光，興奮地將這本紙張高舉。

「多桑，你快看——這都是輝夫哥說的啊……那個帶走我的紅毛猩猩是輝夫哥啊，是輝夫變成的啊——」

聽到正夫說出，輝夫已變成那隻紅毛猩猩回來，如此荒唐之事也說得出口，正夫這個孩子的確精神錯亂了……

「多桑——那隻猩猩是輝夫哥——是輝夫哥的靈魂跑到猩猩身上變來的啊——」

望向正夫激動的神情，眼眶泛紅的高山一君便拿起紙張，仔細讀起上面凌亂且複雜的內容，寫著哥哥去印尼遇到美軍，又在叢林中撤退行動，遇到轟炸與飛機攻擊，遇到島嶼的原住民……

高山一君更加確定正夫發瘋了，這孩子在編故事妄想……儘管看正夫一臉堅信地喊著，但這怎麼可能，動物再怎麼訓練，都不可能有這麼複雜的意識表達，更何況高山一君是動物標本師，十分理解動物的生長大小與年齡的差別，那隻從南洋載運而來的紅毛猩猩，以體型看來至少也有七、八歲，輝夫去南洋不到兩年，就算真有「投胎轉世成猩猩」這事，換算年紀，現在也不過是一隻小紅毛猩猩罷了……

只是高山一君望向正夫止不住的淚水，又看紙張上凌亂的筆跡，瞬間明白正夫這孩子的心思，他因為失去哥哥後過於悲慟，心底產生幻覺，竟把南洋運來的猩猩當成了自己的哥哥，並把所有曾經的見聞都合理化……

只有如此，輝夫才「回來了台灣」……

高山一君能夠體會正夫的心情，畢竟自己也經常幻想輝夫有天突然從海外歸返，儘管身上帶著些許傷勢，儘管受了數年的委屈，但平安地告訴家人，陣亡令只不過是戰場迷霧的常態，自己還活著啊，只是躲藏於森林中數年才得以歸返，不然為何沒有骨灰回來台灣？

只要沒有骨灰，就有一絲希望啊。

儘管正夫所說的「猩猩故事」多麼荒謬，化身猩猩投胎回到台灣，彷若一則鄉野神怪故事，但高山一君心底卻忍不住冒起一絲安慰，如果真是如此，那輝夫……還真是個重承諾的孩子，他答應過我要回來，就算化身成一隻猩猩……也要回到台灣見家人一面……

「哥……哥……」正夫不斷哭喊。高山一君嘴角跟著顫抖起來，就算知道猩猩不可能是輝夫，心底卻也明白，若相信這個轉生的故事，自己便能得到些許安慰……

高山一君腦中湧現輝夫從小到大的身影，當年自妻子懷孕時，高山一君便十分期待自己的孩子誕生，看著妻子的腹肚逐漸變成一座小山，內心的期盼逐日增加，做起工作來便更是努力。只是輝夫初生時體重不足，夜間常常嚎啕哭醒，高山一君便小心翼翼將他抱在懷中，度過艱困的一夜又一夜，深怕某個不經意的疏忽，就留不下這孩子。

而後輝夫長大愈來愈調皮，在標本工作室內到處跑動，好奇的陪著高山一君製作標本。而當弟弟正夫出生後，輝夫總是疼愛照顧弟弟，儘管年紀有所差距，但倆兄弟總是亦步亦趨，一同玩耍，互相扶持度過每一日。

那些孩子成長的身影，在高山一君腦中反覆交織，不管是喜怒哀樂，跳躍奔跑或安穩睡去，不管是輝夫第一天去幼稚園上學時回望的神情，或在他母親富士一美的喪禮上紅著眼眶咬著牙，安撫著落淚的弟弟正夫……一切有關輝夫的記憶不斷湧上，直到輝夫出征那日戛然而止。

儘管輝夫違背了自己的期望，但身為一個父親根本不在乎，只想永遠愛著自己的孩子，輝夫……是自己捧在手心養大的孩子，這麼好的孩子啊……

他是認真又負責的輝夫啊，他是我的孩子啊——

高山一君鬆開手，書寫輝夫故事的記事本頁面散開，飄落在標本室的地面。他隨即跪著，不捨地緊緊擁抱正夫，也跟著仰頭哀號。

「輝夫——輝夫——」

※

正夫被送回家的數天後，隨著回到家中看見各種標本，與輝夫留在衣櫃中的衣物，事情的經歷都明朗起來。

這數月間，正夫失神著魔的腦袋，如電燈開關切換後緩緩清醒過來，他逐漸回想起在山上發生的一切細節，當眼中幻象都逐漸去除後，自己只是單純與一隻紅毛猩猩躲藏在山區，每日都在飢餓與獵捕動物時的血腥中反覆交替，在下山偷取食物時膽顫心驚。

看著自己在山上時所寫的文字，與組合出的故事，這才明白那些故事中輝夫生前所經歷之事，其實是自己過於恐懼與飢餓，揉合了對輝夫的想念與想像所產生的幻覺。

當理智逐漸歸返，正夫很快便明白，猩猩輝夫就算被訓練過後會排字，也不可能會是人轉生。好比初次看見紅毛猩猩的右手比著自己，左手比著地上的草桿字，或許只不過是「我會把你說的話排起來」，而並非「我是你哥哥」。

但有時正夫又想……這猩猩一直排字給自己看，這難道不是猩猩有自己想說的話語嗎？

正夫所不知道的是，這隻送來台灣的紅毛猩猩會拋食物雜耍，不過是日軍士兵的訓練，這樣便能獲得餅乾，就如許多家犬都會表演握手與轉圈一樣。

而認字的原因，竟來自一群無聊的士兵。由於戰場枯燥無趣，這群軍人先是給紅毛猩猩食物，等與牠相處久了混熟之後，便教會猩猩五十音，不時拋下一些食物引誘，讓牠以草桿排出髒話與性器官等等冒犯的字眼，眾士兵便忍不住捧腹大笑……

這群軍人在面臨死亡的高壓下，以虐待、戲弄抓來的動物為樂，這是方才年幼，天真單純的正夫怎麼也想像不到的情景。

又過了一陣子，正夫便明白他每次看到猩猩在地上排出的字，都會面露驚訝，再給予食物，便讓猩猩學會「排字」與「獎賞」的條件反射。猩猩只是不斷將正夫自言自語的話語，加上過往被士兵教會的詞彙不斷拼湊組合；至於那些組不成意義的字，就成為地面上的雜訊，自然被正夫所忽略。

正夫望著紙張上所寫的凌亂筆跡，那些自己編撰的輝夫故事在腦中逐漸淡去，心底忍不住冒起難以言喻的惆悵，畢竟……一切若是真的……至少哥哥回來過……該有多好……

但正夫又想，儘管如此，他在山上與這隻紅毛猩猩相處兩個多月，可是千真萬確之事啊，正夫和猩猩彷彿親人般互相扶持，一起在樹林中打獵、摘果，維持生命所需，每天窩在一起睡去，最後猩猩也真的保護起了正夫而死去……如此扶持的情懷千真萬確，對正夫來說，這隻紅毛猩猩，是真的當了幾個月的輝夫呀……

難以言喻自己心情的正夫，總是坐在標本室中，抬頭凝視著各個標本，只是經歷過猩猩輝夫這事之後，正夫發現那些有著晶亮眼珠的標本，卻再也不會如過去一樣，在眼角餘光中靈巧地活過來了。

第二十一章 標本

五月底發生台北大轟炸後，正夫與猩猩輝夫在山上躲藏兩個多月，獵戶於八月十日發現正夫的蹤影。兩天後，軍警上山捕殺逃逸的紅毛猩猩，並將正夫帶下山照料……八月十四日，正夫被送離開醫院回到家中。一日之後的八月十五日，戰爭就在此日結束。

日本宣布無條件投降，動物園的日本職員兀自站立聽著「玉音放送」，彼此面面相覷不知所措。而對台灣職員來說，這是初次從收音機中親耳聽見天皇的聲音，有人低頭啜泣，有人全身失力嚎啕大哭，有人則是面無表情枯站，旁人怎麼呼喊都無法回過神來。

意識回到正軌的正夫，緩緩走在戰敗後的動物園裡，看著眾多大鐵籠空空蕩蕩，裡頭的動物們早已消失無蹤，彷彿這僅是展示空鐵籠的園區……經歷過戰爭後，正夫明白現實就是如此不堪，戰爭下的人命不被在乎，動物在戰爭中也不過就是消耗物罷了。對沒有成為消耗物的人與家庭而言，還能揮拳訴說自己有多英勇，多麼願意付出奉獻；那些被消耗的人與家庭，卻只能壓抑著內心話語，對著往事撐出勉強的微笑，只有轉過身走到無人角落時才能啜泣。

當正夫緩步走來原本猩猩輝夫所在的空鐵籠，忍不住雙手緊抓籠杆，一時鼻酸湧上，好期待裡面的遮蔽處會走出一隻紅毛猩猩，只是空蕩的鐵籠內就連偷吃食物的老鼠都沒有，只剩飄入的枯黃落葉與迴盪的風聲……

「戰爭結束了……園區也可以重新營運起來……只是現在政局還不穩定，我們目前也沒錢去養新的動物……」

佐佐木先生沉著一張臉，隨即交代任務給僅存的職員。

戰後情勢未知，眾人的心都無比飄搖，甚至許多日本人對未來絕望，到處都傳來有人自殺的消息。戰爭讓全台灣損失劇烈，一切百廢待舉，先前的肥料工廠、發酵工廠、糖廠等都被轉為軍用，也因為美軍轟炸而暫停工作，影響民生所需。動物園也是如此，最初是為庶民娛樂而存在，卻在戰爭後期自顧不暇，一直到戰後才嘗試開始重新營業，繼續帶給人們歡笑。

特別的是，之前失蹤的大象瑪小姐，在戰後從劍潭的藏匿處現身，被帶回動物園籠舍內，只是渾身消瘦的瑪小姐看來也吃了許多苦，讓遊客看著也不免心酸。

「高山君啊……這場戰爭給眾人帶來的苦難太大了啊，至少動物園這裡，還可以帶給人們笑聲啊……」

佐佐木先生來到標本室，特別將此重責大任委託給高山一君。

佐佐木先生畢竟是對動物有愛之人，只期盼趕緊從戰爭的枯竭中走出，但大部分空去的鐵籠並無動物可看，至少要把標本展示出來。

高山一君接到詢問後，便忙著將標本室內的標本全移到園區展覽。而當初因為案件奇特，浸泡在福馬林中的逃逸紅毛猩猩原本已送去研究單位，卻由於戰敗，日本學者深知自己會被遣返便無心研究，而選擇將紅毛猩猩的遺體送還給動物園。理所當然的，紅毛猩猩的遺體被送來高山一君的工作室，等待被製作成標本。

正夫屏息看著這隻紅毛猩猩的屍體，難過的說不出話來。而高山一君也怔著，初次近距離打量兒子口中所說的「猩猩輝夫」時，難以想像竟會將如此巨大的野獸錯認為輝夫……

高山一君只能屏息，與正夫一起將猩猩輝夫的身體從刺鼻的福馬林溶液中拉起，掛到架上讓溶液瀝去後，才將猩猩輝夫放到大木桌上。

「這次……就交給你了。」高山一君拍拍正夫的肩膀，讓正夫來決定標本的製作，這一次，他是兒子的助手。對正夫而言，儘管輝夫哥在自己心中已死去兩次，但這次的他一心一意，只想將眼前的猩猩製作成為一件精緻的標本，讓牠永遠地活著。

因為身中多彈而死，紅毛猩猩的毛皮多處破損，頭部也有一個窟窿，要修補看來勢必是個大工程，父子倆仔細將骨與肉都分開後，得到一身猩猩毛皮。正夫用手指撐開猩猩的眼皮，先挖出軟組織，去掉眼球與嘴中牙齦，清出一大桶的碎肉，彷彿替自己的兄弟刮去腐肉……

儘管心有波瀾，偶爾回想起輝夫哥而啜泣不已，但正夫總會在情緒平復後重新回到標本台前，一步步將皮下脂肪剔除乾淨，一切清理手續按部就班，方能進行下一步。

父子倆開始修復這張毛皮，先把小處的破碎裂傷縫合，而大塊面的皮膚破裂，便用別的動物毛皮來填充，再以猩猩的長毛髮覆蓋。高山一君忍不住也在修補猩猩毛皮時在心底反覆問起，我親愛的兒子輝夫啊，你那明亮又睿智的雙眼中，有看見想像中的那世界了嗎？童年時總是天馬行空發問的天真孩子啊，你用盡身軀與靈魂去追尋夢想，在死去之前，有追尋到想像中的真理嗎——

正夫不斷調整毛皮細節，將被射擊而出的彈孔痕縫一一縫補，細心打造一張毫無破綻的毛皮。當整張毛皮都修復好之後，他們便要開始安排猩猩的姿態。正夫閉上眼，彷彿看見紅毛猩猩在叢林角落摘取芭蕉葉，從樹枝上丟下野果，啃咬老鼠的骨頭……畢竟正夫曾每天與紅毛猩猩親密相處，連猩猩臉龐的毛髮飄動、眼皮眨動的方式，都能清楚閉眼回想……

只是愈是思索這隻紅毛猩猩活著時的模樣，正夫便也愈去回想起輝夫哥的姿態，而在心底不斷吶喊。

哥，你在參戰的時候，真的有得到……心裡想要的東西嗎？

你……會恨多桑嘛？

你……想我嗎？

你……會後悔嗎？

正夫在猩猩的毛皮之前淚眼婆娑。而高山一君內心也波瀾起伏——只因不斷探看猩猩顱骨口腔內的一排牙齒，犬齒能夠撕烈小動物的脊椎骨，臼齒可以咀嚼草葉而吞食，猩猩畢竟和人類如此相像啊，高山一君已逐漸明瞭，為什麼正夫會把猩猩投射成哥哥，畢竟愈是凝視這個動物，腦中便會聯想起自己身邊的某個人呀……

此刻兩人無比專注，屋內只剩兩人呼吸與器材碰撞的聲音，起初高山一君擔心這件事情太打擊正夫，但他仔細看，正夫極度專心的製作著標本，溼濡的臉上已分不清是汗水還是淚水。兩人日以繼夜忘卻時間，父子倆就這麼專注工作一週，每日只吃簡單的番薯飯糰與水，累了就去一旁躺下暫歇。

雕刻假體時，父子倆一同搬動沉重的樟木入屋。這是正夫第一次能決定標本的假體，他拿起雕刻刀，用盡自己過去學習過的技巧，大塊面地切除，決定外輪廓，木塊寬大的下方是腿與腰，上方的突出之處是壯碩的胸膛……切下的木屑在標本室內飄浮，與窗外的氣流交匯，將粉塵吹成漩渦散去……

經過一番鋸切與敲擊，正夫終於製作出猩猩假體的外輪廓，將手腳部分拼湊榫接，一個人型姿態的木塊於焉現形。隨後正夫與多桑一同將處理好的猩猩毛皮裝入假體上，開始調整身體，特別是五官，那鑿開的木頭孔洞，即將擺放猩猩的口牙齦與尖齒。接著，正夫將猩猩的眼眶填入抽屜內的最後兩顆玻璃眼球，彷佛猩猩的晶瑩雙眼映出世界萬物。

最後，將處理好的猩猩毛皮套入假體與縫合缺口，至此終於完畢。透過明亮的窗光一照，正夫和多桑一同放下設備，退後一步欣賞兩人終於完成的傑作——

至此，這紅毛猩猩的殘缺屍體，已被打造成一件堪稱完美的標本，毛皮處看不出曾經中彈的缺陷，毛髮健康隨風飄動，「猩猩輝夫」彷彿復活過來，牠將永遠舉起雙手，朝這世界淒厲地吶喊，尖銳的犬牙即將啃咬每個試圖侵襲自己的生物……

高山一君難掩湧上的鼻酸，回憶當年輝夫剛出生時，那個懷中溫軟纖瘦的嬰孩，怎麼會多年後從自己生命中消失，又怎麼會變成眼前這隻嘶吼的猩猩……

在高山一君和正夫兩人眼中，這猩猩標本雖然看來凶猛，但栩栩如生的剔透雙眼中，竟透出一絲深邃的溫柔，彷彿真的變成了那個歷經千辛萬苦，終於從戰場回到家中的高山輝夫……父子兩人不自覺走向前去，伸手擁抱這尊站立的猩猩標本，彷彿真的感受到過往高山輝夫的體溫，而止不住洶湧的淚水……

然而一切都必須過去，高山一君用衣袖擦去臉頰上的淚水，拍拍身邊的正夫。

「走吧，去外面曬曬太陽。」連日的工作終於結束，兩人肩膀一鬆，肌力已全數耗盡，手腳也湧上強烈的痠疼。正夫吃力地推開門，與多桑一起互相攙扶，緩步走到標本室外，此刻夕陽映入眼眸，他瞇著眼看向身邊疲憊的多桑，正夫便伸手用力撐著多桑，彼此一起邁步前進。

在這些艱辛的時日過去後，在地上被夕日拉長的正夫影子，彷彿已和多桑一樣高了。

第二十二章　復仇

戰爭結束在八月中，隔年冬天，儘管只一年半過去，正夫青春期到來，個子便快速抽高，不再是班上最矮小的同學。中學讀一年後，正夫外貌已有大人模樣，走在父親高山一君身邊不再被當成小孩。

這幾個月，正夫每天早起後，便先在床邊伏地挺身，隨後到家外搬木頭鍛鍊肌肉，而後繞動物園奔跑，再回家洗個冷水澡。

經歷晨間運動之後，正夫仔細照著鏡子，他總是試穿著輝夫留在櫃中的衣服，打量自己的肩膀線條與身材厚度，但儘管努力鍛鍊，仍無法像哥哥那樣有著角力運動員似的寬大肩膀。不過持續運動數月後，隨著時間，正夫愈來愈能不疾不徐的完成各種訓練，他這才明白，過往的膽小怯怕，或許一部分來自於體格的弱小，只要讓自己更強壯，精神上便能更加勇敢。

戰爭結束已一年有餘，在海外作戰的日本士兵都陸續回到出發地，而當戰後的台灣不再由日本管轄，日本軍警的控制權便消失。正夫終於能從輝夫同袍深田達男的口中，得知輝夫在南洋死去的真相。

當深田達男再次與正夫見面時，光是在路口看見正夫與輝夫神似的面貌與身形，便喚起內心深處的不堪回憶，竟突發暈眩，要扶著牆才能勉強站起。

儘管已是戰後，深田依然關起門來，才敢低聲訴說在島嶼行軍時發生之事……因為陣地轉移的命令到來，在印尼島嶼森林中從東部轉移到西部之時，隊伍突然在夜間遇到美軍殘酷的砲擊。之前說到此處，深田君便停了下來，直到戰後，方才說出後續之事……

而後的故事，其實並非如正夫所想像，輝夫因為抗命而被處決，如英雄般存活在同袍心底。原來輝夫在夜間的砲擊中躲避不及，被爆裂的砲彈鐵片削去右腿膝蓋之下，等砲擊暫停之後，便只能先以布巾綑綁大腿止血，讓同袍深田揹著輝夫前進。

只是轉移命令火在眉梢，過沒半日後，帶隊的藤本少尉打量部隊的行進速度，發現若按照此進度，肯定無法及時到達港口，藤本少尉便以傷兵會拖累部隊，且無力提供醫療也只是放著死亡為由，只能先行處決重傷的隊員。

「不會吧……」深田不敢置信，儘管能預料作戰會有同袍死去，卻無法知道是這種情境，只見一個個重傷士兵在命令下達之後，自己或爬或走，毫無抵抗地排成一列躺下等待處決。

要處決同袍，藤本少尉內心上也十分苦痛，只能咬著牙，對著地上躺著的士兵頭顱一個個瞄準射擊，只見一個個士兵中彈後便側過頭去，再也沒有呼吸。

深田對正夫說到此處，便再也無法平復心情，畢竟輝夫曾救過自己，而自己卻是如此無能為力，他只能牙齒打顫退開一步遠，聽著處決的槍聲愈來愈逼近。但深田卻沒放下輝夫，儘管雙肘與肩頸都顫抖著，他依然揹著輝夫不肯鬆手。已失去血色的輝夫眨了眨眼，在深田耳際輕聲。

「放我下來……就到這裡吧……」

深田望著藤本少尉緩步走來，額頭上滲出豆大汗珠。

「放下輝夫吧，否則你也留在這裡吧。」

下軍令後，深田只能咬著牙，把過往的救命恩人高山輝夫緩緩放下地面，望著輝夫臉龐蒼白，對著自己無奈地眨眼，深田也只能轉過頭去，知道輝夫的結局。

「請原諒我……我那時候……真的幫不上輝夫……我真的……我……」

藤本少尉喘息著處決數人之後，便走到輝夫身邊，將手槍槍口對著輝夫的頭顱，嘆了口氣後別過頭去扣下扳機。而輝夫隨即在聲響之後，只剩下身軀輕微起伏……

儘管身在前線一切都必須聽從長官命令，但深田心底的一部分，已隨這顆子彈穿過輝夫頭顱後而死去，往後的人生每當回憶至此，便自責不已，只能咬牙忍住淚水。

戰爭年代的輿論必然高度管制，為求平安，退役軍人也不能透露戰爭中黑暗的一面，即便屬實，也都將被當成「說國家壞話」而受罰；如今事過境遷，深田終於敢對正夫吐露真實。

「對不起……我之前不敢說……我還有父母，我能活著回來就很幸運了……請你原諒我……我不能說出口……」

然而更讓深田難受的，是輝夫死後不久，森林內的撤退隊伍繼續步行，才走不到半小時，前方不到三百公尺處的茂密叢林外，竟已是豁然開朗的一片寶藍天空，前方海岸邊就是接應的日軍接駁船……當深田達男步出森林，走在大海前的一瞬間，便忍不住崩潰仰天號哭，如果當時自己能夠勇敢站出來，一定可以說服藤本少尉，不要對輝夫開槍……

「我們差點……就走到出口了啊……」

深田達男因懺悔而落淚不止。正夫卻冷靜點頭，和緩地對深田說起。

「哥，你別擔心，我知道那不是你的錯。」

真相與自己想像中的截然不同，原來輝夫並不像戰場英雄般勇猛頑強，在作戰與協助戰友之中光榮死去。輝夫生命的最後一段時間，只是狼狽地失去血色，兀自躺著等待處決，就像那些動物園內被「猛獸處分」的動物一樣，說到底，也不過是戰爭之中一個「物資」罷了，需要的時候就是珍寶，失去效用之後便無需珍惜，只是隨時可以犧牲的肉身……

正夫也明白，在知道真相後就必須面對，他知道自己必須代替輝夫來處理這件事……

令正夫無比忐忑的這日來到，這年已十四歲的正夫外貌十分超齡，個頭英挺之外，若穿上輝夫往昔的襯衫，將頭髮梳理整齊，看來彷彿就是一位年方十八的有為青年。他將一串青綠香蕉放入布包當伴手禮，隨即步行到市區，攔下一輛人力二輪車。

今天，就是執行計畫的日子。

隨著二輪車往前奔馳，正夫不斷回憶起輝夫的身影，兩人曾在眼前的街巷中一起跑步與嬉鬧，如今都已是如泡影一般的回憶……正夫謹慎摸著裝伴手禮的布包，半小時後當二輪車停下時，便給予車夫台幣一元的車資。下車後，正夫打量前方，又走過一條街，終於來到這一排市街邊際的木頭寮房外。

從深田達男與眾多消息輾轉得知，那位處決輝夫的軍官藤本少尉有活到戰後，並且被送回台灣，就住在台北的市郊，距離圓山並不遠……正夫打探清楚消息，在知曉藤本少尉家的地址之後，便想親自去探訪一趟，畢竟政策已然宣布，在台灣的日本人將陸續被引揚回日本去，正夫要趕著在藤本少尉被遣送之前，與他見上一面。

正夫彬彬有禮，一路向路人禮貌探問。路人看正夫的臉儘管是個蕃人，但語言聽來就像是個受過高等教育的青年人，便都微笑為他指路，說著去當軍人的藤本一家人就住在前方。

當正夫終於來到一戶平房前，確認地址之後，發覺木門半掩，在門邊打探時，便發覺門內有人坐在藤椅上。

「是誰？」藤本少尉聽到細小的腳步聲，隨即警覺不安，轉過頭迎向正夫。藤本少尉驚慌地撐著拐杖吃力站起，原來他已失去一隻右腳，膝蓋下截肢。正夫看著那隻缺少的小腿突然怔住，趕緊打招呼。

「藤本少尉，您好。」

「你是誰？」聽到有人呼喊自己名字與軍階，藤本少尉驚慌失措地揮動雙手，竟打下桌上的水杯。

直到此刻，正夫這才知曉，原來這位少尉，已在戰爭中成為一個盲人……只是正夫愣著，眼前這殘廢眼瞎的瘦弱男子，真的是曾在樹林中……殺害哥哥的凶手？

「你到底是誰！」

藤本少尉狼狽地轉頭四探，驚慌大吼，彷彿還身在被敵人包圍的戰場，大敵當前卻手無寸鐵，只能倉皇喊叫，引起門外路人好奇探看。

「我是軍友的家屬……冒昧前來拜訪……」

正夫屏息，打開伴手禮的提袋，拿出一串青色香蕉，原來提袋底下藏著一個小木盒，放著做標本用的細長鋼針。這鋼針過往用來固定動物毛皮，此刻正夫右手握緊這復仇用的鋼針，已身為標本師的正夫，知道若將這根長長的鋼針刺入肺與心，人便會因心臟逐漸出血，或肺部氣胸而逐漸虛弱地死去。鋼針細長，刺入後只會在皮膚上造成極小的傷口，唯有醫生前來解剖驗屍，發覺肋骨外的出血點與心臟傷口，才能知曉這是謀殺……但在這戰後兵荒馬亂的年代，誰會在乎一個盲眼的殘疾軍人猝死家中，還會替他解剖查看？

藤本少尉就在前方，正夫心底反覆思索，只要跨出這一步，伸手往前刺去，就像每次做標本之前那樣，刺入動物的肉身，便能替哥哥報仇……

只是正夫的手卻止不住顫抖，針尖在自己眼前晃蕩不已；儘管藤本少尉根本無力抵抗，但正夫很快就發現，自己根本做不到……

不僅是當正夫明白，藤本少尉當時是在執行作戰軍令的緣故，而是身為標本師，最在乎的就是「生命」，那是刻在血緣裡面對生命的尊重，想起自家屋中那些擺放著的動物標本，每一尊都是向生命致敬的作品，標本師是為了模擬生命的姿態而努力的人，並非為了死亡而生啊——我們不可能殺人，我們不會殺人……

儘管內心依然憤恨，滿臉落下無聲的淚水，但正夫知道自己做不到，正因為疼愛與懷念自己的輝夫哥，正因為輝夫哥也是一個追求極致的標本師，所以更不能背棄這信念……

藤本少尉似乎聽見了針尖顫抖的聲響，全盲的雙眼只能看見微光，便四處探尋聲音的源頭，再次皺眉探問正夫。

「你……你到底是誰？」

正夫屏息許久，最終也只能放下握緊鋼針的手，輕輕嘆口氣後禮貌說起。

「抱歉，我好像認錯人了……」

藤本少尉探向前方，他雖然視力消失，但視線中仍有微光的輪廓，彷彿看見前方光影中出現過往認識的某人……正夫沒再應答，只是緩緩轉身離去，將原本的伴手禮，一串未熟的青色香蕉留在門邊的地上。

正夫緩步離去，夕陽照耀出正夫的背影，那雄壯的肩膀與肌肉，遠遠看去，已彷彿和輝夫同個模樣。

第二十三章 後來

戰後，中華民國接收台灣，戶政制度第一步便是更改地名，先將帶有日本氣息的地名改成中文邏輯，第二步則為規定眾人更改漢名。

「高山一君」這四字，在未經同意與詢問下，被戶政人員大筆一刪，更名為「高一君」，而兒子高山正夫也同此方法，直接改名為「高正夫」，父子兩人並不知曉為什麼突然有了漢姓「高」，但畢竟只是個更換時代後的稱謂，就如之前擁有的日本名字一樣，只是時代下暫時的記號。

對高家父子來說，接連而至的麻煩事是搬家。

動物園在戰後收為台北市政府管轄，動物園內的建物空間，也在整編後陸續收回。父子倆只能先暫時搬離動物園，來到圓山市街上租房，工作室就在路邊的一樓平房內。

製作標本這事難免會看見屍骨，卻又不同於市場肉販可被輕易理解。鄰居們總看見一具具癱軟的動物屍體陸續運入屋中，最終成為一具具栩栩如生的標本被運出屋外，加上屋裡總傳出屍體的腥臭味、刺鼻的福馬林氣體，父子兩人忙進忙出，有時拖出一桶碎肉，有時拉出一袋白骨，時間久了總會遭人非議。父子倆為避免被好奇的鄰居追問，耽擱製作標本的時間，總是將電燈泡點亮後關緊門窗工作，也盡量在深夜無人時運送標本，因而顯得更加神祕。

經過數月，這對奇特的蕃人父子，便逐漸成為眾人口中陰森的傳說。

「聽說他們晚上就去森林裡用弓箭射動物，白天就把打到的獵物製作成標本。」

「我看這兩個山地人的臉……他們根本就是野獸……他們會直接咬死動物帶回來吧！」

「我聽朋友說，他們會去偷屍體來製作標本呢！」

「會不會……其實他們也做……人的標本……」

市井耳語不斷流傳，故事在眾人口中不斷變化。正夫也曾在路邊聽到街坊鄰居交頭接耳，討論起揹著書包回家的自己。

「小聲點，不要惹他生氣……他們蕃人會偷偷出草……」

「我聽說蕃仔喜歡喝人的血，用別人的頭顱來裝酒喝……我的頭可不想被拿來當酒杯啊。」

「不要惹他們，搞不好他們半夜會偷偷來殺你，把你的骨皮填充到他們的標本內節省成本……」

這些誇張不實、令人生厭的耳語，常在耳邊不斷穿過，只不過正夫早已不在乎，每當心情不佳，或是製作標本遇到困難時，他都會回到動物園去，站在標本展示區的猩猩輝夫面前仔細打量，凝視標本就是凝視時間的證明，正夫總在猩猩輝夫的標本之前思索，什麼才是人生的意義……

回想數年來自己的成長，竟能製作出如此的傑作，猩猩輝夫的標本外觀可說是毫無缺陷，讓人光站在標本面前內心便無比悸動，彷彿這猩猩標本突然高舉雙手仰天大叫，接連躲藏到柱子後方隱蔽身軀，對著前方觀眾怒吼。

「欸，那個山地人……又要做標本了。」一名新來的動物園主管走到正夫身邊，交代起標本製作之事。

戰後通行官方國語普通話，高山一君因應工作，與正夫一起學起了中文。正夫與主管簡略說起普通話後，接著便以日語交談；戰後接收台灣的部分官員曾去日本留學，因此工作人員大概都能以日語、國語穿插溝通。

更換政權後，正夫也逐漸發現，事物正慢慢過渡，雖然許多事物表面看來相似，內在卻全部產生變化，不管是社會習俗、姓名與使用的語言，唯一沒變之物，便是自己面對標本的學藝之心。正夫依然在下課後製作標本，技術也愈來愈精湛。多桑也才明白，未來勢必要讓這孩子承接標本事業，父子兩人逐漸建構起動物園的標本區，日夜都與標本相伴。只是和孩童時的天真開朗不同，逐漸高壯的正夫卻變得更加沉默寡言，總是靜默的獨來獨往，也少與同學接觸。

直到戰後第二年，一九四七年後，由於台灣發生二二八事件，動物園面對動亂再度休園，過了數月，社會動盪較為止息後，要重新開園之際，職員們聯絡過往的同事時，卻發現高家父子怎樣都聯繫不上。園方差遣職員到工作室探訪，只見屋裡的標本全都消失無蹤，僅剩下些許木箱，凌亂的堆棧屋內一角，陰暗室內依然飄蕩的福馬林氣味……忽然間，一隻溝鼠吱一聲，從木箱角落跑動時撞出一顆玻璃眼珠，玻璃眼珠喀啦滾動直至門邊停下，精緻的眼珠彷彿仍有生命，直直盯著天花板上捕捉到許多蚊蚋的蜘蛛網……

高家父子的去向無人知曉，卻在市井間流傳不止，最初有人說可能搬家到了台北市區去，專門做起了禮品的標本；也有人說去了高雄，或許也不再從事標本事業。奇特的是，隨著時間過去，有人繪聲繪影說起，高家父子在二二八開始不久後便被人槍殺，已埋葬在六張犁的亂葬崗……

市井鄰人又口語相傳，其實高家父子失蹤的前一天深夜裡，有一輛吉普車開來附近街道；這對父子很可能是被不肖的軍警帶走，要他們把收押虐死的屍身，透過標本技術復原成「還沒死」的外貌，才能將被收押者拍照下來，以照片為證向家人討較高額的贖金……但事涉機密，這對父子最終被滅口。

相關的傳言還有一說，有個製茶的富庶老闆，想要修復因二二八動亂而不幸死去的兒子屍體，才能將兒子體面地下葬，由於不可能找醫生做這事，因此只能找來動物標本師來處理破裂的屍身，高家父子卻因而受牽連被軍警偵查。為了高家父子的安全，富商便讓兩人趁夜搭乘漁船，在星空下偷渡送到菲律賓躲避災禍，標本室也當然被清空。

「我知道他們的事——」幾個動物園派來的工人，在協助清理工作室時，忍不住說起自己在園區時聽聞的耳語，畢竟這兩位蕃仔怎可能打扮得人模人樣，穿起西裝領帶在台北工作，還這麼快就學會北京話，實在太不合理。

「說不定這對父子……是特務，你看到的一切都是假的身分——」

工人繪聲繪影說起，或許這兩人是日本政府藏在台灣的特務，以標本師的職業作為表象……所以曾看到兩人在標本室與各種官方人員接觸，畢竟標本師這樣奇特的職業身分不容易被懷疑，眾人也不敢接近，更可能利用運送到海外的動物標本的腹肚空間，來藏匿傳送到國外機密⋯⋯

當然也有人說，高家父子已永遠離開台灣，去更在乎藝術的日本、美國，協助當地的標本藝術家，製作出世界最巨大的棕熊標本。甚至有人說在歐洲展示恐龍骨架的博物館大廳角落，發現兩位奇特的深輪廓東方人，正仰頭對恐龍骨架討論許久，非常可能就是這對失蹤的高家父子⋯⋯

傳言來來去去，著實真假難辨，仔細思索，人的一生什麼都無法留下，只能留下一則則故事——原來故事就是人的標本，隨著「聽者」與「說者」的想像，隨意捏塑成生動的模樣。

高一君和高正夫失蹤多年後，儘管人已不在，但他們所製作的標本仍展示在動物園的標本室中。猩猩輝夫雙手高舉，面貌猙獰威嚇前方，彷彿依然身處幽暗的叢林之中，面對未知的危險而激烈地嘶吼抵抗。

數年後，一位國小低年級的男孩在逛園區時與父母走丟，無意間跑來標本室中，抬頭看向猩猩輝夫一眼，便被凶狠姿態嚇得在原地嚎哭，引來路人關心。許多人跟著抬頭看著猩猩標本時也不斷思考——這紅毛猩猩到底在怒吼什麼，難道遇到森林內其他的敵人嗎，但在弱肉強食的環境中，成年的猩猩不就是森林之王嗎，還有什麼事令這猩猩如此激動？

有些戰後到來的學者，注意到猩猩輝夫是一件栩栩如生的標本藝術品，幾乎是同一批標本中最優秀者。眾人都十分好奇作者是誰，但標本的特色，便是標本一角的紙標籤往往僅記載製作日期，常常未標示作者，彷彿一旦被人知道製作者是誰，這標本就不像「真的」……

只因這個紅毛猩猩標本製作精良，曾有數名學者想探索作者的去向，反覆翻找資訊未果，又逐漸因時代過去，已沒人在乎當初的製作者到底是誰。畢竟對一般的動物園工作人員來說，標本製作者不過就是個「匠」，誰會在多年後記得，當年整修自家屋頂的匠師姓名？更何況戰後多年，台灣經濟逐漸發展，標本師得以購買各種新式工具與材料，展示動物更好的毛皮光澤、更透亮擬真的玻璃眼珠，相較起來，猩猩輝夫雖然是當年用盡心力的稀有標本，但在新技術對比之下，已過時到不足為奇。

更重要的是，台灣開始發展經濟而富有後，愈來愈多的活體動物乘坐渡輪，過海來到台灣的動物園；當遊客有機會觀賞來自世界各地的珍禽異獸時，誰還會想看標本室的死去動物，就算再怎麼栩栩如生，畢竟還是沒有生命，永遠不會動彈啊。

又過了數年，當一隻嶄新的老虎標本來到室中展示，空間便顯得過於擁擠；陳舊的標本群與凶猛的新老虎相形之下，更顯得黯淡許多。

「先將以前的標本都收入倉庫吧。」一位來自北京的單位長官下令指揮後，眾多工人收拾展示室內的標本，將猩猩輝夫的標本裝上推車，緩緩推出室外，來到另一個小倉庫中存放。

「最大的這個，就推去最裡面吧。」多年後，一位山東口音的工作人員指揮兩個工人，將猩猩輝夫移入倉庫更深處，免得擋住出入口。

一盞明亮的投影燈，照出雜物區濃重的深影，隨著工作人員的離開，燈具都陸續關上後，四周便陷入一片濃厚的黑暗，只剩下門前透露出的些許光隙。當倉庫門砰一聲關緊後，光隙便瞬間消失無蹤，陷入無盡的黑暗。

第二十四章　無人歡送的遊行

隨著標本保管人的職位轉移或退休，猩猩輝夫逐漸被忽略在倉庫角落。歷年來，曾有學者為調查日本時期的物品，陸續進入倉庫中翻找，在短暫的光亮裡檢查舊日標本，隨著調查結束，猩猩輝夫便又再次掩入黑暗中。在電燈開關的切換明暗間，也曾有長官前來查看倉庫的設施，出聲責罵下屬不用心，囑咐要將這些標本仔細覆蓋保護，以免落塵傷害這些財產。

儘管室內不斷陷入黑暗，倉庫外的台灣已經變得不同。一九八六這年，幾名年輕男子身著灰色制服，掀開標本上的保護遮布，數十年來的倉庫早已堆滿時代的淘汰品，遮布下的猩猩輝夫標本雖然看來仍凶狠怒吼，但全身的毛髮都已殘落。不只是猩猩輝夫，一旁的獼猴、水鹿、黃魚鴞等等，一眼看去數十個標本都已破損……畢竟這就只是個普通倉庫，並沒有防塵與溫溼度控制，本就是淘汰之物才會堆在倉庫裡，簡易的遮蓋防護已足夠。

「這……這怎麼這樣存放啊，標本都快壞光了。」一位年輕的工作人員問起。這些標本距離上次檢查已近十幾年前，人員來來去去，已沒人知曉當初這猩猩標本從何而來。

「我請示一下長官，不過……應該是不會留下來吧。」

一位女員工皺緊眉頭，畢竟眼前標本已發出腐爛氣息，便在紀錄紙的「丟棄」空格上打勾後，繼續翻開下一頁，清點其他即將報廢的標本。

那一年，動物園從台北市西北方的圓山，搬去東南方的木柵山邊，只是搬遷動物是件麻煩事，既然無可避免封路與管制交通，便奇思異想地經營成一趟歡快的遊行。當日，搬運動物的車輛行經台北市的重要馬路，兩側的市民人潮揮舞旗幟，眾多孩子更是無比興奮，爭相擠到前方去，望向車斗上載運的各種動物。

「現在通過的是長頸鹿，來自非洲的長頸鹿，若沒控制好高度，頭部可是會撞到紅綠燈呢——」

「現在通過的是亞洲象，大象長長的鼻子非常特別，地球上所有生物之中，就只有大象有這麼靈巧的鼻子，是不是很奇妙呢——」

「犀牛來了，牠們頭上的尖角，加上堅硬的皮膚，讓牠們看起來就像草原上的一台戰車，橫衝直撞的時候，就連獅子都怕牠們呢——」

大人小孩隨著車隊經過眼前而呼喊，接下來通過的是斑馬、鴕鳥、羚羊……孩子們的喧嘩此起彼落，不敢相信本來要入園才能看到的動物，竟會出現在上班上課的路上，彷彿繪本一樣的奇幻呢。

就在台北進行動物大遊行之際，動物園的倉庫也同步進行大整理，幾個工人走來，一起吃力地將猩猩輝夫扛起，搬動後散落的沙塵，如計算時間的沙漏一般細碎落下……直到眾多標本都被搬上藍色小貨卡，啟動開往前方去。不同於遊行時的昂揚，小貨卡跟著遊行隊伍尾巴一起前進，卻在進入木柵動物園之前轉了個彎，往福德坑垃圾掩埋場前進。

微雨的午後，盆地天空中滿是積雨雲，卡車工人並未替這些標本遮蓋與擋風，畢竟這是趟單程的旅行。猩猩輝夫的紅色毛髮隨風飄動，一塊毛髮竟被吹到剝落，在空中翻騰數圈後落地，被後續開過的汽車輾壓。不只是猩猩輝夫的標本開始剝落，還有缺少尾巴的石虎、少一顆眼睛的黃鼠狼，翅膀羽毛裂開一半的展翅老鷹、眼睛玻璃珠破裂的長鬃山羊……

抵達福德坑垃圾場後，卡車開上高處斜坡停下，工作人員將車斗上的標本一一拋進垃圾坑中，許多小件的動物標本順著斜坡滾動，很快便消失在眾多垃圾之中。滿車垃圾與小型標本都丟棄完畢後，兩名工作人員便一起合力抬起猩猩輝夫，用力推下車斗，由於猩猩輝夫身軀龐大，因而十分笨重地滾動，發出沉重的聲響，一路滾到垃圾坑底部的凹缺處才停下。

猩猩輝夫躺臥在垃圾堆中，破裂的玻璃雙眼仰望著湛藍的天際，牠依然是高舉雙手而怒吼的英姿，只是成為躺臥姿態後，原來握拳伸手的動作換個方向，竟像是睡不飽打哈欠。

斜坡上方仍不斷有垃圾落下，塑膠袋、寶特瓶、馬口鐵罐，小家電，過季滯銷的衣物……猩猩輝夫逐漸被更多不知名的垃圾給淹沒，僅露出半邊頭顱望向天空中的積雨雲，遙遠的南洋彼方彷彿有個聲音，隱隱約約傳到猩猩輝夫的耳際。

「永遠成為這裡的靈魂吧，不要再離開……屬於森林的就是森林的，就算成為腐爛的身體，也是森林的一部分……」

雨雲吞噬了最後的日光，傾倒的垃圾正緩慢吞噬猩猩輝夫的身影，牠破裂的玻璃眼珠仍倔強地仰望天際，彷彿想穿透那壓迫的雲層，尋找遙遠南洋的森林。但森林的回聲卻未曾到來，僅有一聲低沉的怒吼，自近處的叢林中掙扎而出，隨即被怪手的轟鳴碾碎。

一個電視機的灰色外殼滾落而下，覆蓋猩猩輝夫的身軀，無人為牠送行，無人記得牠的憤怒與吶喊，在這片無人注目的角落，垃圾層層覆蓋住猩猩輝夫剔透的玻璃眼珠，四周便瞬間陷入無盡的黑暗，將所有的過往都掩埋在時間的洪流中。

大河 04

猩猩輝夫

作　　者　張英珉

副 社 長　陳瀅如
總 編 輯　戴偉傑
責任編輯　丁維瑀
行銷總監　陳雅雯
行銷企劃　趙鴻祐
封面插畫　Irene Chung
封面設計　兒日設計
排　　版　顧力榮

出　　版　木馬文化事業股份有限公司
發　　行　遠足文化事業股份有限公司（讀書共和國出版集團）
231 新北市新店區民權路 108-4 號 8 樓
電話（02）2218-1417　傳真（02）8667-1891
Email　service@bookrep.com.tw
郵撥帳號　19588272 木馬文化事業股份有限公司
客服專線　0800-221-029
法律顧問　華洋法律事務所 蘇文生 律師
印　　刷　前進彩藝
初版一刷　2025 年 1 月
定　　價　新台幣 400 元
I S B N　978-626-314-795-9
E I S B N　978-626-314-794-2（EPUB）

本書寫作計畫，獲得國藝會 2021 常態第 1 期創作補助

國家圖書館出版品預行編目 (CIP) 資料

猩猩輝夫 / 張英珉著 . -- 初版 . -- 新北市 : 木馬文化事業股份有限公司出版 : 遠足文化事業股份有限公司發行 , 2025.01
272 面 ; 14.8x21 公分 . -- (大河 ; 4)
ISBN 978-626-314-795-9(平裝)

863.57　　113020229